· 国际儿童文学

荣获纽伯瑞儿童文学奖银奖

The Floating Island

漂浮的岛

［美］安妮·帕里什 著　高洁 译

哈尔滨出版社

H.P.H

HARBIN PUBLISHING HOUSE

图书在版编目（CIP）数据

漂浮的岛 /（美）安妮·帕里什（Anne Parrish）著；
高洁译. —哈尔滨 : 哈尔滨出版社，2018.5
（国际儿童文学奖）
ISBN 978-7-5484-4027-7

Ⅰ.①漂… Ⅱ.①安… ②高… Ⅲ.①儿童小说－长
篇小说－美国－现代 Ⅳ.①I712.84

中国版本图书馆CIP数据核字（2018）第071120号

书　　名：漂浮的岛

作　　者：［美］安妮·帕里什　著
译　　者：高　洁
责任编辑：翟嫦娥　滕　达
责任审校：李　战
封面设计：贝哈鼠　王圆融

出版发行：哈尔滨出版社（Harbin Publishing House）
社　　址：哈尔滨市松北区世坤路738号9号楼　　邮编：150028
经　　销：全国新华书店
印　　刷：湖北卓冠印务有限公司
网　　址：www.hrbcbs.com　　www.mifengniao.com
E-mail：hrbcbs@yeah.net
编辑版权热线：（0451）87900271　87900272
销售热线：（0451）87900202　87900203
邮购热线：4006900345　（0451）87900256

开　　本：880mm×1230mm　　1/32　　印张：6.5　　字数：130千字
版　　次：2018年5月第1版
印　　次：2018年5月第1次印刷
书　　号：ISBN 978-7-5484-4027-7
定　　价：29.80元

凡购本社图书发现印装错误，请与本社印制部联系调换。
服务热线：（0451）87900278

前　言

　　《漂浮的岛》是美国著名童书作家安妮·帕里什的作品，她曾三次获得国际大奖——美国纽伯瑞儿童文学奖银奖。本书就曾在1931年获得了纽伯瑞儿童文学奖银奖。

　　《漂浮的岛》这本书为小朋友们讲述了一个瓷玩偶家族在一座荒无人烟的珊瑚岛上生活的故事。玩偶家族原本被摆在一家玩具店里，他们有一座漂亮的玩偶小屋。在白天，玩偶们保持着玩偶的形态，到了晚上，则会悄悄出来活动。一家人一直过着非常快乐的生活。有一天，一个叫亨利的人买下了他们，打算寄给自己的侄女作为生日礼物。于是，玩偶一家被打包装进了盒子，乘上大船，前往热带地区。然而不幸的是，船遇上了大风暴，沉没在海洋里。玩偶一家被海浪冲散，和他们的房子一起漂流到了一座珊瑚岛上，等待着玩偶们的将会是怎样的生活呢？玩偶先生和玩偶夫人迫切地想要找到他们失散的孩子和家里的厨师，与此同时，儿子威廉姆、女儿安娜贝尔、婴儿宝宝、厨师黛娜，正各自经历着属于他们自己的惊险又奇妙的旅程。

　　漂流岛是什么样子？玩偶家族能团聚在一起吗？他们都会在岛上经历哪些事？有没有认识新朋友？

　　作者用生动可爱的语言将故事娓娓道来，绘声绘色地讲述了玩偶家族在漂流岛上所遇到的一切。书里有许多或美丽、或神奇、或可爱的小动物，螃蟹、神仙鱼、金刚鹦鹉、猴子、海鸥、蜗牛、蜘蛛。当然，还有很多神奇的植物。

书里有一个神奇的童话世界，玩偶们在那里顽强而勇敢地生活着。这是一部经典的儿童文学作品，相信小朋友们一定会喜欢这个精彩的冒险故事。此外，书中还配有精美插图，让小读者们能更加深入地理解故事。

让我们一起去看看玩偶一家的奇妙冒险吧！

目　录

第 一 章　孩子们，请帮帮我　　　/ 1

第 二 章　从前有一个玩偶屋　　　/ 2

第 三 章　家庭　　　/ 5

第 四 章　启航，去热带　　　/ 8

第 五 章　海上风暴　　　/ 11

第 六 章　触礁　　　/ 15

第 七 章　荒岛上的黎明　　　/ 17

第 八 章　遇难者们　　　/ 21

第 九 章　浴缸里的螃蟹　　　/ 24

第 十 章　威廉姆怎么了？　　　/ 28

第十一章　黛娜怎么了？　　　/ 34

第十二章　岛上有没有其他人？　　　/ 38

第 十 三 章　搜寻窃贼　　　/ 45

第 十 四 章　远航的独木舟　　　　　　/ 49

第 十 五 章　独自在深水区　　　　　　/ 53

第 十 六 章　救援队　　　　　　　　　/ 56

第 十 七 章　两个愿望实现了　　　　　/ 61

第 十 八 章　在树顶　　　　　　　　　/ 66

第 十 九 章　欢迎英雄!　　　　　　　/ 68

第 二 十 章　攀登岩石　　　　　　　　/ 72

第二十一章　在老螃蟹池里　　　　　　/ 76

第二十二章　威廉姆的营救行动　　　　/ 80

第二十三章　进入丛林　　　　　　　　/ 84

第二十四章　蜗牛的痕迹　　　　　　　/ 86

第二十五章　错误的河流　　　　　　　/ 93

第二十六章　危险!　　　　　　　　　/ 97

第二十七章　从珊瑚小屋出发　　　　　/ 100

第二十八章　探险家们　　　　　　　　/ 105

第二十九章　　老虎，老虎！　　　　　　　／ 109

第 三 十 章　　前进　　　　　　　　　　／ 111

第三十一章　　猴子　　　　　　　　　　／ 117

第三十二章　　猩红色的尾巴　　　　　　／ 119

第三十三章　　可怕的花　　　　　　　　／ 127

第三十四章　　雨　　　　　　　　　　　／ 131

第三十五章　　在天上　　　　　　　　　／ 133

第三十六章　　厨师的鞋子　　　　　　　／ 136

第三十七章　　月光下的晚餐　　　　　　／ 139

第三十八章　　芬尼的海滩　　　　　　　／ 144

第三十九章　　黑暗中的声音　　　　　　／ 148

第 四 十 章　　女巫的洞穴　　　　　　　／ 153

第四十一章　　威廉姆河　　　　　　　　／ 156

第四十二章　　树根洞　　　　　　　　　／ 160

第四十三章　　月光下的舞蹈　　　　　　／ 164

第四十四章　穿过树顶的队伍　　　　　　/ 169

第四十五章　漂流岛上的家庭生活　　　　/ 173

第四十六章　玩偶先生的书　　　　　　　/ 178

第四十七章　玩偶们的决定　　　　　　　/ 181

第四十八章　宴会　　　　　　　　　　　/ 187

第四十九章　烽火　　　　　　　　　　　/ 193

第 五 十 章　流星　　　　　　　　　　　/ 196

第五十一章　他们现在在哪儿?　　　　　/ 198

第一章 孩子们，请帮帮我

孩子们，我需要你们的帮助：

在这个世界上，有一个玩偶屋，里面住着一群玩偶。谁能告诉我玩偶屋在哪里吗？

我可以告诉你玩偶屋的故事。我可以告诉你关于玩偶先生和夫人、威廉姆、安娜贝尔、宝宝、厨师黛娜、洛比、柴奇、芬尼，还有布丁的事。我可以告诉你发生在他们身上的离奇的、激动人心的事情，离奇到我几乎不能相信。不过我不能告诉你他们究竟变得怎样了。

你能告诉我吗？

据我所知，这就是他们的故事。

第二章 从前有一个玩偶屋

从前，有一个玩偶屋。它的房子漆成了淡黄色，屋顶尖尖的，有两个看上去很奇怪的烟囱。它没有正面，所以你可以直接看到四个房间，每个房间都有一个四格的玻璃窗。

楼下是客厅和餐厅。楼上是玩偶先生和夫人的房间，还有儿童房。

客厅是玩偶夫人最喜欢的房间。绿色的地毯上绣着红色的玫瑰花蕾，白色的墙纸上印着金色的玫瑰花蕾，有一个看起来像是巧克力做的壁炉，还有扑克、火钳和发亮的红色金属丝。"比真火好多了，"玩偶夫人说，"它不会熄灭，不会冒烟，也不会迸出火星把我美丽的地毯烧出洞。"

客厅里有一张圆桌，上面摆着一个花盆，里面有一束蓝色的珠花。花朵长着黄色的花心，绿色的叶子。"比真正的植物好多了，"玩偶夫人说，"它永远不会褪色，我也不需要给它浇水。"

客厅里还有一架钢琴，键盘上画着四个白色、两个黑色的

琴键；乐谱架上放着一个邮票大小
的乐谱，名字叫"玩偶圆舞曲"。
晚上，当玩具店里没有人在玩偶屋
前停留时，玩偶可以四处走动。玩偶
夫人不再僵直地站着，而是经常弹奏
钢琴；威廉姆和安娜贝尔一起跳着华
尔兹；一旁有四把镀金的红色锦面椅
子，玩偶先生坐在其中的一个椅子
上，看着他的孩子，慈祥地微笑。

　　墙上贴了两张镀金纸框的画。
一张叫作"谁会买我的玫瑰"，另一
张叫作"淘气的猫"。玩偶先生有时靠在椅子上，甚至平躺在
地板上，盯着这些东西看好几个小时。他非常喜欢绘画，自己
也画过一些素描。

　　餐厅里有一张桌子、四把椅子和一个餐具柜，都是由黄
色的木头制作，泛着闪亮的蜜糖色，还有一块像青苔一样的地
毯。桌子上放着一个茶壶、奶油罐、糖碗、四个杯子和茶托，
看起来像是银的；但你必须小心使用，因为它们很容易弯曲。
餐具柜上有四个白色的纸盘。一个盛着一条石膏做的鱼，上面
有三片石膏柠檬片，就像银大衣上的黄色纽扣；一个盛着鲜红
色的石膏龙虾；一个盛着石膏烤鸡，烤鸡涂着漂亮的棕色，上
面还有纸做的绿色西芹；还有一个盛着粉色石膏布丁，布丁上
覆盖着一层装饰，看起来就像浇在上面的巧克力糖浆。他们被
称为芬尼、洛比、柴奇和布丁，而且都是这个家庭的朋友。玩

偶们经常假装吃他们，但不会真的这样做。玩偶先生和夫人最喜欢柴奇，安娜贝尔和威廉姆最喜欢布丁，宝宝虽然年龄还太小，不能说出自己最喜欢什么，但是他总是试图抓住洛比，厨师黛娜最喜欢芬尼，因为没有其他人选择芬尼。

玩偶夫人曾经答应过黛娜，如果他们能找到一个很好的肥皂盒，他们会将它添加到厨房里，所以黛娜花费了大量的时间从餐厅的窗口向外看，看是否能看见一个肥皂盒。

楼上玩偶先生和夫人的房间里，放着床、两把粉色的椅子、一个有纱褶边的梳妆台和一个镀金纸框架的锡箔纸镜子。

儿童房里有两张白色的床，一张给威廉姆，一张给安娜贝尔，还有一张给宝宝的婴儿床，一块蓝色的地毯和两幅画。安娜贝尔的画是《樱桃熟了》，而威廉姆的则是《轻骑兵的冲锋》。

儿童房里还有玩偶屋里最美好的事物。一个锡质浴缸，外面是蓝色的，里面是白色的，带着一个储有少量水的水箱。然后，如果你转开水龙头，水就会流入浴缸。玩偶们尽量不去吹嘘自己的浴缸，但他们还是忍不住感到自豪。

这就是玩偶屋一开始的样子，很新，油漆还很黏。

我很好奇，我想知道它现在变成什么样了！

第三章 家庭

就像一个家庭里每个成员常常不同一样，一个玩偶家庭中的成员也彼此不同。

成人的瓷玩偶笔直而僵硬，而且他们不能弯曲身体。也就是说，当人们看他们的时候，他们无法弯腰。想必你也知道瓷玩偶是什么样的，我已经观察他们几个小时了，却从来没有看见他们动过一下。但是当周围没人的时候，谁又知道他们做了什么呢？我想，这就是为什么我们有时候会发现他们出现在了很奇怪的地方吧！一会儿出现在沙发靠背后边儿，一会儿又出现在湿漉漉的花园里。他们当时一定在跑来跑去，开心地玩耍，突然发现有人靠近了，立马就恢复成笔直又僵硬的样子。

玩偶夫人的头发是黄色的，看起来毛茸茸；玩偶先生的头发是黑瓷的，看起来很光亮。他留着黑色的八字胡，脚上穿着黑色的瓷靴子。他的脸颊是亮亮的粉色，无论发生什么事情，他都笑得很开心。（哦！发生了什么事情呢？你马上就会知道了！）他们两个常常穿着睡衣，玩偶先生的睡衣是黑白相间

5

的，而玩偶夫人穿的是一件粉色的丝绸舞会礼服和缝着蕾丝边的衬裙，还有一条内裤。

　　玩偶威廉姆和安娜贝尔可以任意弯曲身体。他们的腿和胳膊都是有关节的，他们的头可以绕着脖子转一圈儿。玩偶夫人永远都不习惯孩子们后背对着她时直视她的眼睛，但是玩偶先生笑得很开心，他说："年轻人就是这个样子！"

　　威廉姆的头发是棕瓷的，他穿着一身蓝色的水手服。

　　提到安娜贝尔，玩偶夫人说："这个孩子特别像我！"因为安娜贝尔不仅长着长长的黄头发，而且也穿着蕾丝边衬裙和内裤，她还穿着一条白裙子，腰上系着一条像腰带一样的微微发粉的丝带。

　　宝宝是一个粉色的瓷玩偶，常常待在同一个地方，一边举起胳膊，伸开肉嘟嘟的带着凹窝的小手，一边踢着小腿。

　　黛娜厨师是有关节的，但她的头不会转，她是木头做的，身体被漆成黑色，她的眼睛里眼白很大，红红的嘴巴像浆果一样圆。她的裙子和头巾是花格子的——有深粉色，浅粉色，黑色和黄色；她的围裙和方头巾是白色的，耳朵上戴着两个蓝色珠子的耳环。

现在你知道一天中瓷玩偶和他们的房子是什么样的了。玩偶夫人斜靠在钢琴凳上，假装在演奏《玩偶圆舞曲》。安娜贝尔独自跳着舞，因为威廉姆的目光无法从餐厅的布丁上转移开来。厨师黛娜凝视着窗外，看着肥皂盒，玩偶先生平躺在卧室的毯子上小憩，宝宝在小浴缸里不断踢腿。

正是在这一天，伊丽莎白的叔叔亨利走进了玩具店。

第四章 启航，去热带

伊丽莎白的叔叔亨利来给她买生日礼物。当他看到玩偶屋那一刻，他说："就是它了！"买完礼物之后，他告诉玩具店的女士要寄到哪里，并在卡片上写道："希望小伊丽莎白天天快乐，永远美丽！爱你的亨利叔叔。"

然后瓷玩偶们和他们的房子被放入一个盒子里，在黑暗中，他们开启了一场奇妙的冒险。

伊丽莎白住在很远的地方，漂洋过海。她住在热带地区，在那里一年四季都是夏天。现在，我想告诉你一些关于伊丽莎白的事，还有她住在哪里。因为这一部分不属于玩偶的故事。所以我会标记一个星号。那将意味着，请你往下看，寻找本页的另一个星号，然后阅读星号之后的部分。

*

伊丽莎白住在热带地区，如果你学习过地理知识，你就会知道"热带地区"是什么意思；如果没学过的话，可以去问一下大人。伊丽莎白的爸爸有一个可可农场，在那里居住的所有人中，只有他们一家三口是白人。其余的有黑棕色人，皮肤像巧克力一样的颜色；或者是浅棕色人，皮肤就像是在可可里加了牛奶之后的颜色。浅棕肤色的男人们把头巾拧成一股缠在头上（如果你自己用毛巾试一下，就能知道他们是什么样子的了。），而且把白色的衣服系在身上；浅棕肤色的女人们穿着白色的衣服，戴着银手镯、脚镯、耳环和鼻环；小宝宝们光着屁股，什么也不穿。当他们想站起来的时候，他们无法坐在椅子上或者地上，只能蹲坐在原地，就像在玩儿捉人游戏（一种蹲下就不能捉拿的游戏——译者注）一样。当他们想携带东西的时候，他们会把东西放在头顶上。伊丽莎白看到过，一个人把一挂香蕉放在头顶上；一个女人把一杯要喂孩子的药放在头顶上；有一个人头顶上放着一盘红色和银色的鱼，是从蓝色大海中打捞上来的；有一个人头上顶着一大篮子可可豆荚；一个人头上顶着一轴棉线；一个人头上顶着一个食篮，里面放着一只公鸡和三只母鸡；还有一个人的头顶上，担着镂空的竹竿，竹竿两端充满了水；还有很多很多这样的人。

你来试一下！在房间里走的时候，把这本书顶在头上，手不要去碰头。

现在，难道你不觉得那些浅棕肤色的人很聪明吗？

可可豆生长在棕紫色的豆荚中，像一个个有褶皱的小皮球，它们生长在低矮的树上。这些树之间还长着一些比较高大的树，叫作保育树，因为它们会对可可树起到很好的保护作用。在白天，保育树的大叶子会伸展开来，像遮阳伞一样保护可可树，使它们免受烈日的暴晒。但是到了晚上，保育树会卷起它们的叶子，让叶子里的露珠掉落在可可树上，使可可树得以冲洗并吸收水分。

棕色人给伊丽莎白的爸爸摘可可豆，然后把它们装到船上，穿过大海，送到制作可可粉和巧克力的地方。

如果下一次你喝可可或者吃巧克力的时候不太忙的话，不妨想想那些棕色人、保育树和伊丽莎白。

现在请你翻到下一页，我将会告诉你，在瓷玩偶们的身上发生了哪些故事。

第五章 海上风暴

　　瓷玩偶们待在一片漆黑的箱子里，他们无法想象周围正在发生什么。因为上一刻他们的右边抬了起来，下一刻他们又翻了个底儿朝天。不过，他们被柔软的纸屑包裹得很好，所以依旧待在原地不动。他们以为现在是晚上了，因此除了玩偶夫人和黛娜之外，其他玩偶都睡着了。玩偶夫人依旧在弹奏着《玩偶圆舞曲》，甚至在她和钢琴都倒立起来的时候，她都没有停止演奏；黛娜透过窗户，遥望着月亮一点一点升起来。

　　我必须告诉你们一些玩偶们所不知道的事情。他们被装在一艘名为"巨浪骄傲号"的船上，这艘大船将穿过重洋，把他们送到伊丽莎白的托儿所里。

　　在一个晚上，当"巨浪骄傲号"行驶在遥远的大海上时，刮起了一阵狂风，电闪雷鸣；刺眼的白色闪电划过，仿佛将漆黑的夜空劈开了一个大裂缝。波涛汹涌巨浪滔天，浪头升起后转而拍落在船上，直到船舷裂开，就像果壳被坚果钳夹裂一样。这时，整艘船颤抖起来，开始下沉，首先是船艄，然后整艘船沉入了海底。海面上除了一些漂浮物——一个救生艇、一个装苹果的木桶、桅杆，还有托着玩偶屋的木箱。除此之外，什么都没有了。

现在我要告诉你一些事情，听完之后你一定会很开心，当你看到星号的时候，知道我要求你做什么吧？看星号之后的部分。

*

"巨浪骄傲号"上的所有人都活下来了。他们上了救生艇，里边有水和曲奇饼，水手们整夜划船，像爬山一样顺着波浪向上划，又像下山一样向下划，每个人都特别害怕，但又十分勇敢。事后，男人们和小男孩们甚至说，他们曾十分享受那种激情。

当太阳升起，风暴过后，海面恢复了平静。早餐时他们吃了曲奇饼，喝了些水。（海上这一夜让他们胃口大好。）几个装苹果的桶突然打开，红彤彤的苹果漂浮在蓝蓝的海水里，孩子们在船的两侧捞苹果。到了中午时分，乘客们被另一艘名为"西班牙女士号"的船给接走了。没有人因为昨晚惊险的事变得心情糟糕，除了罗宾逊夫人，她感觉十分疲惫，直到打完盹儿才感觉好一点。（但没有累到无法讲话的地步，她向"西班牙女士号"上的乘客们讲述了关于船舶失事的事情。）汤普森先生丢了他的假发，但是所有人都说他摘掉假发后看起来更好一些，因为他的脑袋就像水里的苹果似的，又红又亮；而且戴假发也确实是个麻烦事儿，又要让它保持卷曲，又需要用梳子梳理，所以对于丢假发这件事情他真的并不在意。

开始，大家以为船上的猫托普西丢了。但是，正当水手们觉得找到她的希望渺茫，难过得想要放弃时，她坐在针线盒里，从船侧的水里漂了过来，针线盒的主人是一个名叫玛丽的小女孩。阳光照耀在她黑黑的毛上，她绿色的眼睛闪闪发光，她发出咕噜咕噜的声响，像是一只煮沸的茶壶。

人们全都欢呼起来，就连罗宾逊夫人也不例外。托普西打了七个喷嚏，喝了一碟牛奶，然后用她粗糙的粉舌头舔着，把全身清洁了一遍，伸懒腰，打哈欠，在太阳下蜷缩着睡午觉，像罗宾逊夫人似的，她也没有因为这次遇险而感觉糟糕。

后来有人告诉我，托普西说对于人们救她的事情感到十分遗憾，因为她已经准备在玛丽的针线盒里待着，然后一直在大海上航行。我也不知道自己是否该相信这个人说的话。但我认识托普西很久了，虽然她会通过自己的方式，例如咕噜声或喵喵叫，甚至是静止不动，来告诉你一些信息，但是我从未听到她说过一个字。如果她没有被"西班牙女士号"救起来，那她要去哪里找牛奶喝呢？我曾经问过她这个问题，但她没有回答我，尾巴一摆走开了，假装什么都没有听见。

再说回"巨浪骄傲号"，这是一艘老旧的船，经过多年在海上航行漂流，她发现安静地躺在海底休息十分惬意，是可喜的改变。

她的周身布满了银色泡沫，躺在有枝枝杈杈的白色和深红色珊瑚和海绵丛里，那些海绵体看起来像是在模仿珊瑚，枝杈状、杯状地生长着，杯子大得足以装下一个人；还有长管子状的，小鱼从管子下游过去，就像烟囱下飞过小燕子一样。

沙子在船舷的裂缝中漂浮着，轻轻地堆积在船的周围，但有时，一轮皎洁的圆月在她的上方浮动，因为月亮常常飘浮在天空中，她看着天上的满天繁星。正如她看星星一样，星星们也想让她再沉没一次。

浮动的月亮好似海蜇，涌动的星星好似一只只紫色、橙色、沙色的海星。

她从不孤独，因为鱼儿们从数英里之外游来看她。他们上下漂浮，前后游动，时缓时急，他们团团围在她的周围。有的像飘落的银叶，有的圆得像气球，有的刺多得像栗子皮上的毛刺；他们的嘴巴一张一合，仿佛是在跟对方说这个奇怪的景象，也可能他们在试着读船舷上喷的名字。

每天都会有那么两三群鱼绕着她的桅杆游来游去，曾经，海鸥有时会在她的桅杆处飞旋，或是飞进飞出她的舷窗。母鱼十分喜爱她桌子上精致的小花园，上面长着淡紫色和橙色的海葵，还有黑色的卵，刺儿尖得像豪猪。还有平滑的淡紫白色的海黄瓜躺在其中。公鱼审查似的在锅炉房周围游弋着，小鱼们玩着"跟我来"的游戏，在大轮子的轮条中穿插游走。

以上就是我要讲的关于"巨浪骄傲号"和"西班牙女士号"的所有故事。

第六章 触礁

盒子被扔进了海里，在里面熟睡的玩偶们都被惊醒了。玩偶夫人不弹钢琴了，黛娜也不赏月了。他们太害怕了，想跑到彼此身边去，但是被绑住了，没人能动得了；每个人都得自己待着。玩偶夫人听得见宝宝在浴缸里哭，还有玩偶先生也在大声地喊："我们必须保持冷静！"接着一阵尖叫①传过来，还有那样的咚咚声和砰砰声②，除了这些她听不见其他任何声音了。

玩偶们感觉自己又被甩到空中，然后又掉下来，掉落，掉落，不停地掉落，砰！他们好像撞到什么东西的底部，又飞上去，打着转，像陀螺一样转着圈。

"保持冷静！保持冷静！"玩偶先生大声地喊着，但是没人能听到。

你有没有一个人在晚上醒来过，周围很黑？假设那时，你

---

① 这是风。

② 有一部分是打雷，还有一部分是船碎了。

不能在床上翻身，也不能拿到枕头下面的手绢、毯子或者床单把你裹得紧紧的，你连手指尖都不能动。再假设你的屋子被抛得比塔尖还高，转着圈，颤抖着，又俯冲向地面，再被抛向空中，一次又一次地这样重复。屋子外面的尖叫声、呼啸声和咆哮声不断传来。接着再假设你妈妈被绑在她自己的屋子里，就像你被绑在自己的房间里那样，不管你叫多大声，她都不能过来找你。

如果你能想到以上这些，你就能知道玩偶们的感受了。

那些场景在黑暗的夜里重复，不断地重复，直到这个盒子被弹上去，撞了一下，砰！——撞到什么东西，碎了，玩偶之家像喷雾一样被射到岩石上，又掉在地上。

第七章 荒岛上的黎明

玩偶夫人睁开眼。

她躺在柔软的白沙上，靠着一只粉色条纹大贝壳的边缘。还没有出太阳，但是头顶上的天空是娇嫩的粉红色。"就像在世界上最大的粉红色瓷茶杯的内部。"她自言自语。

"嘘——嘘——"什么声音？"嘘嘘"的声音从远处传来，同时"嘘嘘"的声音也从她靠着的贝壳里传来。

她僵硬地站起来。③她的面前是一片海。拂晓的日光给绿色的海水点缀上粉色，海水轻柔地律动，仿佛在睡梦中呼吸。泛着泡沫的涟漪在沙滩上起落，轻声道："嘘——"

"我在哪儿？"玩偶夫人说，"我怎么到这儿了？"接着突然开始喊："我的丈夫！我的孩子们！"

玩偶先生靠着一块岩石躺着，他回答道：

"我在这儿呢，亲爱的。早上好！真是个美丽的清晨。"

---

③ 玩偶夫妇一开始都很僵硬，因为他们不确定沙滩上是否有人类。而且，被紧紧地打包了很长时间之后，他们和你睡觉时脚的感觉一样。

"我们这是在哪儿？发生了什么？"

"亲爱的，你看到那个蓝色的东西了吗？"玩偶先生指着大海。

"没有。什么蓝色的东西？"

"那些蓝色的水。"朝阳的粉色现在已经褪去了。

"哦，你是说那些绿色的水！"

"那么，算蓝绿色好了，但是在我看来更像蓝色。"

"那可是和玩偶屋的地毯一样的绿色啊！"玩偶夫人说。

"好吧，随便，那是海洋。④现在告诉你我认为发生了什么。你还记得我们在黑暗里上下左右翻滚吗？"

"我能忘得了吗？"

威廉姆和安娜贝尔经常牵着他的手跟他一起去，气喘吁吁地看书，因为书的封面对于小小的玩偶来说实在是又大又重。玩偶先生会慈祥地为他们打开书，翻页，这时他的孩子们开心地在图画上走来走去。有时他们走在开满鲜花的草地上，在那儿威廉姆喜欢在毛虫用来遮阳的粉边雏菊和红底白点的伞菌之间练习跳跃，伞菌空心的肥茎是瓢虫的家。而安娜贝尔会在伞菌和风信子之间挂满小内裤的晾衣绳上走钢丝。有时他们在雪上走，戴松锥帽子的地精站在花楸树下，帽子和鼻子上都垂下冰凌，胡子上也挂满了冰柱，树上结满了玫瑰胸蜡嘴鸟可以尽情享用的覆雪的珊瑚果。有时他们走过有小天使的星空。或

---

④我总是为玩偶先生的博学感到吃惊。他知道这么多是因为他读过很多书。玩具店里有很多书，晚上他常常走出玩偶屋去读书、看图画。这就是为什么第一次看到海洋时，他就认识这是海洋。

者，如果那是大海的图画，他们会躺下假装在游泳。

在他们看图画的时候，玩偶先生会在对面的书页上来回地跑，给他们读故事。

"我相信我们之前是在船上。你还记得'砰'的一声巨响吗？"

他大喊了一声"砰"，玩偶夫人被他吓得跳起来，用手紧紧按着心脏，喊道：

"请永远不要再这样了！"

"对不起，亲爱的。但是巨响——"

"不要！"玩偶夫人气息急促。

"砰，"玩偶先生轻声说，"而且我相信那声—— 你知道是什么—— 是从大海上的一座浮岛传来的。我觉得有一座岛撞上了我们的船，把它撞沉了。"⑤

"所以这是一座浮岛！"玩偶夫人说。

"这是一座浮岛，亲爱的。这就是它的名字。"

然而我曾在热带听说过浮岛。它通过岛上植物的根固定在河流的底部。它在洪水中上升，当水位较低的时候下降，有时浮岛会带着它的动植物挣脱，在水上漂流，甚至漂到海上。

---

⑤玩偶先生不是总能完全弄懂他在书中读到的东西。你看，他觉得岛屿和船一样是漂在海上的。从来没有人告诉过他岛屿的位置一般都是固定的。

"你怎么知道？我没有看到哪儿写着这个名字。"

"这是我命名的，就在此刻。"玩偶先生说。

"哦。"玩偶夫人说。

"现在我们必须寻找其他人。"玩偶先生站起身来，然后摔了一跤，仰面倒下。

他仍在微笑。但是玩偶夫人看见一道横穿他黑色的瓷头发的裂纹。可怜的玩偶先生！他的头在岩石上磕破了。

"哦，天哪！你摔破了！"

"我确定不是很严重，亲爱的。"

"躺着别动，我给你拿点水来！"

"我不需要水，亲爱的，但还是谢谢你。"

但是玩偶夫人确信他需要少许淡水。她转向陆地，四处寻找淡水。

她看到的东西使她尖叫，并且向后倒下。

第八章 遇难者们

"怎么了，亲爱的？"玩偶先生喊道，急忙向她跑去，尽管自己仍然头晕。

玩偶夫人一开始只能用手指，然后她急促地喘息着，声音因恐惧而变得微弱：

"蛇！"

玩偶先生也怔住了。但是很快他就看出来它们不是蛇，而是丛林中扎入沙子的树根。黑色和银色的根缠在一起，扭曲着攀过蕨类植物，或者形成张开的嘴一样的洞，仿佛要吞下玩偶们。玩偶夫妇抬头看着巨大的树枝分叉成枝丫，每根枝丫上都挂着由空气植物构成的悬挂花园，垂着长长的气根，还开放着奇特的花朵；这些花和玩偶夫人客厅桌子上的蓝色花球非常不一样，以至于她怀疑它们不是花朵而是蝴蝶或者青蛙。树干是浅绿色的，覆盖着巧克力色的斑点和条纹，它们都有大张着的嘴巴。

树根无声的嘴巴和空气植物让玩偶夫人觉得，它们正在使自己不受控制地靠近它们。她抱住玩偶先生。即使受伤了，丈夫也能给她安慰。

树枝上也有一丛一丛的蕨类植物。"就像鸡毛掸子一样。"玩偶夫人说。

一棵树看起来像一株巨大的蕨类植物，或者是世界上最大的鸡毛掸子。一棵有着银色枝干的树上满是厚实光滑的叶子，叶子比玩偶屋里的所有地毯都要大；树上还有巨大的亮黄色的杯子，每一片花瓣的底部都点缀有赤红色，花瓣上的赤红色就好像是将同色水粉颜料加在未干的黄色颜料上的效果一样。一棵树的叶子几乎是黑色的，并且十分闪亮，有着亮绿色的纹理；树上的花就像巨大的浅紫色铃铛。

树和树被羽毛状的藤蔓连在一起。

透过它们，玩偶们看到了一道瀑布，它有时会被绿色挡住，有时从绿色中闪现出来。水流从一个亮晶晶的小瀑布倾泻向另一个，直到在底部的水池中化作泡沫，穿过沙子流向大海。在瀑布形成的水雾中架有一道彩虹。

玩偶夫人找到了一个小小的紫丁香色的贝壳，有着像扇叶一样的褶皱，贝壳很薄，透光。她用贝壳从小溪运来清水，给玩偶先生洗脑袋，用海草把他的头包扎起来。这样他感觉好多了。

他们四处看了看。玩偶屋仰面倒着，沙滩上洒满了家具的碎屑。洛比⑥半埋在沙子里，看起来十分苍白。一把扶手椅上下颠倒。客厅的桌子和钢琴在海面上轻轻地随水晃动着。

但是无论是海面上还是沙滩上，都没有威廉姆、安娜贝尔、宝宝、黛娜、柴奇、芬尼和布丁的踪影。

---

⑥还记得谁是洛比吗？他是那只红色的石膏龙虾。

第九章 浴缸里的螃蟹

"我的孩子们！你们在哪儿？"玩偶夫人尖叫着，向后摔倒了。

"威廉姆！安娜贝尔！宝宝！黛娜！"玩偶先生大声呼喊，好像这时丢下她有点太不近人情了。

"我的孩子们！"

"冷静一下，亲爱的！请冷静一下！"玩偶先生从贝壳里弄了点水洒到玩偶夫人身上，尽管她身上已经很湿了。

"威廉姆！安娜贝尔！宝宝！黛娜！"

"安静—— 安静——"海浪小声说。"小声点！"贝壳咕哝着。他们能听到瀑布的涌动和喷洒声，但听不到其他声音了。

玩偶夫人抬起陶瓷做的胳膊，紧紧地闭上蜡做的眼皮。"安静！"她说道，就像海浪和贝壳说的那样。然后她睁开了眼睛，笑得很平静。

"我的孩子们还活着，他们没事，"她说道，"母亲的心里有种东西总是能知道。"

玩偶先生比较好奇是否父亲心里的某种东西也能知道，所以他试着紧紧地闭上眼。是的！他也感觉到他的孩子们还活着，而且平安，虽然不知道他们在哪儿。

"母亲心里的那种东西能告诉你他们在哪儿吗？什么时候能找到他们？"他问道。

玩偶夫人又闭上眼睛。"再等一分钟，"她说，"我们会在某个地方，某个时间找到他们！"

好吧！那是个安慰！现在他们可以想想其他的事了。

"看这个房子！"玩偶夫人说，"翻了个底朝天！"

我讲过这个房子背着地了。玩偶先生和玩偶夫人从窗户往里看，发现每个人的房间都成了水池。浅蓝色、浅绿色、浅玫瑰色的神仙鱼，像日出时的一点海水，游向餐厅的窗子，凸起的眼睛带着惊讶，嘴巴也一张一合的，玩偶夫人吓得跳起来。

"我想他们正在试图告诉我们什么事情，"她说，接着靠近窗户，喊道，"请大声点！"

神仙鱼的尾巴晃了一下，掉过头去，从门游到客厅。玩偶先生跑到窗户那儿，喊道："我想他们是想告诉我们水下的火还在燃烧！"

玩偶夫人紧跟在他后面。

"从来没有过那样的火！"她说，"真是一团糟！"

所有的墙纸都浸了水，起了泡，玩偶先生很高兴发现那些画还在墙上挂着。

"我们怎么才能把东西整理干净呢？"玩偶夫人问道，

"光想想这些我就头晕！"她看起来像马上要晕倒了。

玩偶先生说："亲爱的，我去给你搬把椅子过来。"他走到沙滩上，接着就听到他惊叫道："我……从……没！"

"你从没什么，亲爱的？你从没什么？"玩偶夫人一边哭喊着一边快步跑向他。

"我从没见过这个东西！看那边，你相信吗？"

玩偶先生指着在一块礁石下面的浴缸。里面全是海水，一只非常小的螃蟹正在里面洗澡呢。

"什么！不是吧！"玩偶夫人喘着气说道，"告诉他这是私人浴缸，亲爱的！"

"噢，好吧，他没有做任何坏事。"玩偶先生说，他不喜欢打击别人。

"不是这个问题，"玩偶夫人说，"这是私有财产，不能非法入侵。对他说，亲爱的。"

"他不知道那是我们的。"玩偶先生说，他想着那只螃蟹的钳子要是狠狠地夹他一下，他得多疼。

"要我自己去说吗？"玩偶夫人问道。

于是玩偶先生和气地笑着说："打扰你了，但这是个私人浴缸。"

小螃蟹匆忙地摔了一跤，然后急急忙忙地跑了，没有说一句话。玩偶

先生看着他，叹了一口气。

他说："我想我们应该对他更好点，毕竟，他能告诉我们这是哪儿。"

"我想你说过我们在浮岛上。"

"我知道它的名字，亲爱的，但是我不知道它在哪儿。假如这个岛是私人财产，假如我们是非法入侵呢？"

但是现在想这些有点晚了。那只螃蟹已经走了。海滩上除了有贝壳，又变得空荡荡的了，除了静静的海浪，没有其他声音了。

第十章 威廉姆怎么了？

威廉经历了在黑夜里旋转，摇晃，抛上和抛下，最终归于平静，他被这些刺激弄得很疲惫，早已经睡着了。

他醒来时，根本不知道自己在哪儿。温暖而又明亮的阳光照在他身上。他躺在很浅的水里，那里的水越来越少，随着吸吮声，那些水被吸进了沙子里。很快这里没有水了，只有湿滑的沙子零星地冒着气泡。

他的周围有一圈锯齿状的礁石升起来，在威廉姆看来比烟囱还要高。他要怎么爬出去呢？他没看见出路。"我不害怕！"他很大声地喊道。

这些礁石上挂着绿玻璃一样的海藻，上面满是气泡，所以才能在潮汐里漂流。首先要做的，就是把这些气泡弄破。

砰！砰！这使威廉姆感觉好点了。

然后他看了看周围。上面，高处，再向上一点，再高点，是明亮的蓝天。下面是礁石，底部是沙子。水从脚印里冒出来，一半埋在沙子里的贝壳分散在各处，里面还保存着一点海水。

首先他试着向上爬。

这是一个辛苦的差事，礁石的边像屋顶的檐一样凸出来，但他离那里还挺远的呢。然后他向后靠去想抓住支撑，却从海藻上滑了下来，失去了平衡，头先着地，背朝下地向下摔去。

这次往下摔的时间有点长，他还想象了一下，头磕到底下的石头上，像蛋壳一样碎了的场景。

但是他被海藻挡了一下，掉到了沙子上。他打着哆嗦，却是完整的。

他感觉身上没有力气，必须躺一会儿。

他又试了一次，但是还没有第一次爬得远。

"好吧，"他想，"在找到出口之前，要先打猎。"

这里有许多开口，因为珊瑚就像洗澡海绵一样有很多小孔。但是这里虽然有很多的入口⑦，却没有任何出口⑧。

威廉姆在黑暗的小路上摸索前行，却绕到了其他路上，他迷失了方向，但是幸亏找到了路，又回到了光明中。

接着，他试着大喊。

没人回答他，只有沙沙声。沙沙声—— 那一定是外边的海

---

⑦你可以从这里进入。

⑧你可以从这里出来。

浪冲刷着礁石。

现在我要讲讲威廉姆是怎么到这里的，你就知道得比他多一些。我在星号后讲。

当威廉姆累得爬不动、也叫不出来时，他决定停下休息一下，再好好想想。

*

海浪将载着玩偶一家的盒子猛冲到岩石上，结果，盒子一下就被摔成了碎片，仿佛爆炸了一样。

盒子里面的东西被扔到了海滩上。你已经知道玩偶之家变成什么样了——玩偶先生和夫人、洛比，还有一些家具。

那把看起来像是银质的茶壶，越来越重，慢慢掉进海绵和珊瑚林里，越来越向下。一条小蝶鱼发现了它，飞快地游走了去告诉他妈妈。他与二三十个兄弟姐妹一起回来，海水现在就像是布满蝴蝶翅膀的天空，在不同的方向都有翅膀在扇动。

那就是蝶鱼（他的妈妈，爸爸，兄弟，姐妹，叔叔，阿姨，堂兄弟）——看起来就像一只巨大的蝴蝶翅膀，带着柔和的光影，有深棕色还有浅黄色的。在他们身体（他的妈妈，爸爸，兄弟，姐妹，叔叔，阿姨，堂兄弟的身体）的两边各有一个镶着白圈的黑点，就像另一只更大的眼睛。

小四眼和他的家庭住在一片混乱的、多枝杈的珊瑚林里，那上面覆盖着紫色和橘色的羽毛。但是当茶壶轻轻地挂在其中一棵珊瑚的枝杈上时，那棵珊瑚就变成了白色。因为那些看起来像羽毛的东西是蚝船虫细小的穗状脑袋，他们飞快地钻进了洞中。

在珊瑚林中生长着紫色的海羽，比你还要高，还有巨型的玫瑰紫的海扇，精致得像最上等的蕾丝。那边还有海生物，就像挂在浅粉色的茎尖上的波浪形深粉色的穗状太阳伞。还有很多被称作脑珊瑚的圆形的珊瑚，它们身上长着大大的黑色的海绵。小螃蟹藏在海绵里，甚至还在自己的硬壳上种一点海绵，来躲避那些一发现他们就要吃掉自己的体形更大的生物。还有其他海绵，长着像玻璃纤维一样的长长的白色尾巴。还有乌贼能从白色变成红色，白天能喷射出黑云，晚上喷火云，害怕时可以躲在里面。这里还有其他生物，奇特又可爱。颜色最柔和的花，蓝色的树挂，紫色的蕨类植物，桔色的羽毛，还有你曾在圣诞树上见过的最漂亮的装饰品，都变成了现实。藏在海底的海洋生物一定更加奇特，更加生动。

但是对于蝶鱼，早已习惯了那些东西，他们认为银质的茶壶更加有意思。

他们认为那是最珍贵的宝贝，只在重大的场合用，像生日聚会呀什么的。当然这样的大家庭有很多的生日聚会。

你会想我是不是忘记了这个注释是讲威廉姆是怎么到他在的那个地方的。

威廉姆和其他东西（随着这个故事的展开你就会知道）被扔到一个礁石圈中了。

安娜贝尔、

宝宝，

还有黛娜在——

我们还没讲到那儿。

这是星号内容的结尾。

他坐在一只蜷缩得如同肉桂面包的贝壳上，但是马上又跳了起来。原来，从贝壳里伸出了一对湿湿的、灰色的触角，慢慢地舞动着，然后又缩回去了。

他当然不害怕了，但是还是尽可能远离这个贝壳，走向另一个从沙子中露出来的粉棕色的贝壳，也想象刚才那样坐上去，但这次他看了看有没有触角——这个根本不是贝壳，是他的老朋友布丁！⑨

威廉姆拿起一个普通的贝壳——没有触角的——用它把可怜的布丁身上的沙子铲掉，抱住了他。不再独自一个人的感觉真好，虽然威廉姆没有真正害怕过。

"我再也不会丢下你了，布丁。"他说。的确，他看起来好像永远也不会那么做的。

威廉姆把布丁夹在胳膊下（布丁又胖又重），重新开始找出去的路。

接着他用贝壳当作铲子挖出了一条地下通道，但是这条通道到处都是水，看起来更像是一口井，而不是隧道。

然后他喊了一声，再听了听，只能听到外边海浪唰唰的声音。

他带着布丁又试着往上爬了一次，但是这次更难了。当他第六次从岩石上摔下来的时候，很沮丧，就躺在地上仰望着天空。

---

⑨这就是我提到的威廉姆和其他东西被海浪扔进了礁石圈的意图。那个"其他东西"是就是布丁。

"布丁，"他悲伤地说道，"我不认为我们还能见到爸爸妈妈、安娜贝尔、宝宝、黛娜、洛比、柴奇和芬尼他们了。"

就在刚刚——他看到了什么？

在礁石的边缘上，有一只天蓝色的爪子向着蓝色的天空挥动着，一会儿看不见了，一会儿又看见了，接着一双圆圆的黑眼睛，像茎上长了一个鞋扣，向下看着他和布丁。

第十一章 黛娜怎么了？

当装着玩偶之家的盒子在礁石上撞碎的时候，厨师黛娜被扔得比天空还要高（她后来说的）。幸运的是，星星尖锐的棱角被云层遮住了，要不然就会钩住她的裙子，可能会永远把她挂在上面了。事实上，她又掉下来，掉进了从礁石那边倾泻过来，黑玻璃似的海浪里，然后又被海浪冲出了大海。

她脸朝下地摔下来，暴风雨越来越小了，她在黑暗的海水下面，看到了一些奇怪的游动着的火。那是些带着灯笼的鱼。有的全身各处都发光，有的只有头发亮，有的是尾巴，有的在背上有一排。天亮后，他们都消失了，但是她还能看到其他东西。

水又清又蓝，黛娜感觉自己好像飘在天空中。但不是鸟在飞，而是鱼在游泳。

有些鱼是银色的，长得很像她的石膏芬尼，所以她对他们感到很熟悉。但还有一些长得很奇怪的东西，她都不能确定到底是不是鱼。

游过来一条鹦鹉鱼⑩。他底下是银白色的，逐渐变成了绿色、玫瑰色、紫罗兰色和海蓝色，有一个蓝绿色的头，加上一条令人难以想象的尾巴。刚开始是少许的黄色，像金丝雀的羽毛一样鲜亮，接着是绿色的，像穿过树叶的阳光，再然后是紫色、红色，然后又变成了紫色。他有两条窄窄的褶边，一条在朱红色的背部，一条在背心那里，如同鱼穿着马甲，是深红边镶蓝边的。他那透明的鳍是深蓝色的。黛娜心想，他很漂亮，但他的嘴使他看起来很容易生气，所以她决定不说早安了。这条鱼看起来像是要咬断你的头。

然后又有个黑色的东西折回来，又长又细像一条蛇，脖子那儿挂着两个黑色的小扇子。

这个东西的样子一直在变，折叠，伸展，挥舞，看起来像被从碗里拿出来，变成活着的果冻。⑪

接着又看到一条黑黄色的鱼，有着黑玉一样的鳞片，像是女士晚礼服。她的脸是圆的，鳞片在身体的两侧，背鳍⑫的边缘和尾巴是鲜艳的黄色，就像是一张白纸上用黄色颜料画的浓重的一笔。透过光看后边的他，黑黄色的鱼的颜色还会更加鲜亮。

---

⑩ 黛娜不知道这些鱼的名字。她只能讲出鱼是长什么样子的。等我查到他们的名字后，我想还是告诉你他们真正的名字比较好。如果你再遇到他们，你就会知道他们叫什么，并能叫出天使鱼、鹦鹉鱼或别的什么。鱼也可能更喜欢那样。鹦鹉鱼更喜欢叫自己名字而不只是被叫作鱼，就像你更愿意叫你自己的名字而不只是女孩是男孩。

⑪ 水母。

⑫ 背鳍指长在鱼背上的鳍。试着对一些大人说"背鳍"，你会让他们大吃一惊的。

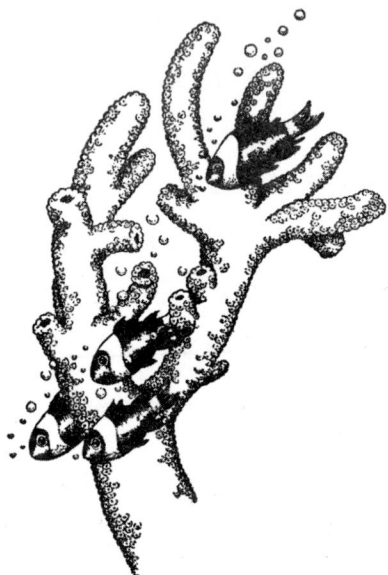

而后又看到几个朱红色小鱼，黛娜想他们肯定是受伤了。因为每条鱼的头上都有块白色的绷带。但是当她问他们发生了什么事的时候，他们飞快地游开了。⑬

这些鱼在黛娜跟他们说话的时候，都急忙游回了苹果绿色的海葵林里。通常在害怕的时候，他们会躲在里面，也在那里睡觉。

后来又游过来一条胖鱼，他长着鲜红色的粗短的尾巴，背上有一条鲜红色的褶边，大部分的鳞片也是深红色的，灰色渐渐变成红色，透出来。他那圆圆的黑眼睛就要从头上瞪出来，他从来没有见过像黛娜这样的鱼。于是就断定她不是鱼，而是吃的东西。所以他张开了嘴向她扑来。

"漂亮的鱼儿！"黛娜说，她以为胖鱼想亲她。

这时，其他胖鱼也游过来，与他长得很像。那么多的都游过来，海水从蓝色变成了深红色和银色。他们都很好奇，眼睛瞪得像玩偶之家的茶碟一样圆，他们蹭着黛娜咬，把她都翻了个儿。

---

⑬黛娜弄错了。长在鱼头上的那个白色的东西不是绷带，只是个记号。这些小的朱红色的鱼有个比他们身体都大的名字——双锯鱼，当然我不期待你能记住这个名字。

她仍然向大海深处看去。即使是在碧蓝的天空中也有鱼，银色的飞鱼从海里弹出来，在她的头上弯了一下，又潜进了水里。

那里也有海鸥，飞得很高，看起来像一场暴风雪，然后俯冲到低处，他们的胸脯被波光粼粼的水面染成了绿色。

"哇，都很漂亮。"黛娜心想。她想给海里的所有鱼看看她的老朋友芬尼和他的石膏柠檬片。这些鱼都没有柠檬片。"他们认为自己是什么种类的鱼啊？"黛娜问自己，"在这之前，我从没有见过鱼不带着柠檬片的！"

海浪轻轻地晃动着，这个可怜的小小的黑玩偶开始感到非常害怕和孤单。

"其他人在哪里？"她低语着，"我还能再见到他们吗？我还能见到玩偶先生和玩偶夫人、威廉姆、安娜贝尔、宝宝、洛比、柴奇和布丁吗？我还能再见到芬尼吗？"

第十二章 岛上有没有其他人？

现在我们已经离开了待在岩石圈里的威廉姆和布丁，有一双眼睛俯视着他们，我们不知道那双眼睛属于谁。[14]

我们离开了漂浮在海上的黛娜。

而且，我们还没有发现有关安娜贝尔、宝宝、柴奇和芬尼的任何消息。

但是我不会立刻告诉你在他们身上发生了什么，我要让你先等一会儿，然后带你回到海滩，看看待在那里的玩偶夫妇。这被称为悬念。

有时，当人们知道一个词语的意思，他们不太喜欢别人解释给他们听。所以要是你知道悬念是什么意思（在我像你那么大的时候，我还不知道），就不用读本页底部的注释了。如果

---

[14] 我知道那双眼睛是谁的，但是我不会现在就说出来。在接下来的故事里你会知道。

你不知道悬念的意思，这条注释会给你解释。⑮

"首先要做的，"玩偶夫人说，"就是弄干你的湿衣服。"

于是，玩偶先生猛拉着一条长长的须根，那须根断开时他四脚朝天地摔倒了。他把须根拴在灌木丛的两个嫩枝上，搭成晾衣绳，然后他们把玩偶先生的黑色西装和白色衬衫，玩偶夫人的粉色舞会礼服、她的蕾丝边内裤和衬裙，还有她黄色的假发一起搭在晾衣绳上，假发因为被弄湿了而不再有黏性。玩偶夫人的头顶因为没有假发而出现了一个圆圆的洞。你可以从洞口径直看进去，看到那些控制她眼睛张开还是闭合的砝码。

"多么凉爽！多么惬意！"玩偶先生喊道。他在阳光下四处奔跑，跃入岩石间的水洼（溅起大量水滴）。

但是，玩偶夫人快速地把自己裹进一张大大的绿色叶子里。她用胳膊刺穿叶片，把葡萄藤的卷须缠在自己的腰上。

"到这儿来，我亲爱的。我也有一片叶子给你。"

"噢，我也得穿吗？"玩偶先生问道。

"当然了，亲爱的！我们刚刚来到这里，随时可能有人来拜访。房子变得一团乱，厨师也不见了，已经够糟糕的了。如果再有陌生人看到你光着身子到处跑，我会是什么感受呢？"

于是，玩偶先生不情愿地穿上了他的叶子。不过这也没有那么糟糕。叶子比他的晚礼服舒服多了。

此时太阳正高悬在空中，照得叶子闪闪发亮，就好像它们

---

⑮ 悬念就是说你不能立刻知道将要发生什么，你必须等待，它会让你对接下来的事更加感兴趣。悬念有时会让人不舒服，就像你告诉父母你吃了不被允许碰触的巧克力，却不知道自己会受到怎样的惩罚的感觉；悬念也可能会让人兴味盎然，就像猜测你的圣诞袜里会有什么礼物。

被水打湿了一样。白色的海滩和瀑布都在闪光，玩偶夫妇几乎不能直视它们。

"我们需要硬壳太阳帽，亲爱的，"玩偶先生说，"我之前听说过生活在热带的人们总是戴着硬壳太阳帽。"

"而且我希望我的脑袋里是空的，"玩偶夫人回答道，"我不知道如果我的脑袋里进去东西了该怎么办。"

于是，玩偶先生找到了一丛开着小小白花的灌木，花朵就像小铃铛一样。他摘下了两朵小花，两人将花朵做成了漂亮的硬壳太阳帽。

"现在我们必须整理出一个住的地方。"玩偶夫人说。

"我们不能直接在海滩上宿营吗？那会很愉快的！空气如此清新，景色也如此怡人。我可以画速写，你可以收集海边的贝壳。看到没，这儿就有一个，开始你的收集吧！这个有颜色的、有着和挪亚方舟上的长颈鹿一样的斑点的是黑斑笋螺。"⑯

玩偶夫人看起来完全没有在注意听他说话。她四下寻找着，好像期待找到另一个正面朝上并且没有浸水的玩偶屋。于是玩偶先生又说了一遍。

"我说，这儿有一个黑斑笋螺，一个黑斑笋螺——给你的贝壳收集，我亲爱的！"

"我听得见你，"玩偶夫人说道，"但是现在没有时间去考虑贝壳了。哦，天哪！连一所房子都看不到！"

---

⑯ 玩偶先生曾经见过一次这个贝壳的图片，并且记住了它的名字。这是他唯一有把握的名字，所以不用害怕，你以后会经常见到这么大的词语。他是多么幸运啊！恰好找到了一个认识的贝壳！

"你难道不觉得在海滩上宿营会很有趣吗？"

"我从来没有听说过这种事！"

"你听说过，亲爱的。从这一刻开始你就听说过了！"

"好吧，我不想再听到这件事了，"玩偶夫人说，"我想住进屋子里。"

"这个树根搭成的洞穴怎么样？"

"太潮湿了！瀑布的水珠会溅进去。"

他是多么幸运啊！恰好找到了一个认识的贝壳！

他曾花了特别长的时间来记住黑斑笋螺这个名字，所以很惊喜能够得到一个展示自己博学的机会，我都不忍责怪他刻意向玩偶夫人炫耀了，你能吗？

"那叶子帐篷呢？"

"风会把它刮倒的。"

"你来看一下这个珊瑚岩。上面全都是小洞穴。"

玩偶夫人过去了，虽然心里充满了怀疑。但是，珊瑚岩正是她想要的那种房子！岩石上有一个大大的洞穴[17]，大到可以作为他们的客厅。在此上方，台阶可以通达的地方有两个小小的洞穴可以作为卧室，并且拐角处还有一个可以观赏瀑布的洞穴。

"终于有给黛娜的厨房了！"玩偶夫人喊道，"她将会多么满意啊！如果她能回到我们身边的话。"她伤心地补充说。因为，作为一位母亲，她心里的某些东西告诉她孩子们还活着，而且没有受伤，早晚会回到她身边，但她不知道厨师是否

---

[17] 对于玩偶来说很大，对于你来说很小。

41

能回来。

玩偶夫妇是如何收拾房子的呢？

首先，他们清理掉洞穴里的所有海草、浮木和贝壳。然后，他们铺上了叶子地毯。客厅里是一片巨大的绿叶，卧室里是两片鲜红色的小叶子。厨房里的沙子被保留了下来。"这样更好打扫。"玩偶夫人说。

床都弄丢了，所以他们将许多弹性海草堆积起来作为床铺。玩偶先生在海草上蹦上蹦下。"很棒的蹦蹦床！"他说。

完工的时候客厅已经变得很豪华了。玩偶先生游出去捞出了钢琴、圆桌和花盆，钢琴因为是空心的所以很轻。下水前，玩偶夫人同意他脱掉了叶子衣服。他们找到了两把红色锦面的椅子。因为茶具丢了，所以他们选了四个平平的带浅粉色的白色贝壳做盘子，还有四个小一些的卷曲的灰色贝壳做杯子；玩偶夫人把它们都摆在桌子上。

他们用找到的餐椅和餐具柜装点了厨房。噢，他们搬运餐柜的时候气喘吁吁的。玩偶夫妇把洛比放在了餐柜上面，这让他有一种回到家的感觉。然后又收集了一小堆碎浮木准备生火，还有一些贝壳作为炊具。

玩偶先生有了新发现。他在水边看到了一只巨大的粉蓝色星星！做沙发吧，他太平了，做地毯呢，又太厚了，因此他觉得做哪个都挺合适的。他把星星拖到客厅，玩偶夫人说她没有见过比这更漂亮的东西了。但是当她踩上去的时候，星星的一只腕摆动了一下，带着她吓人地转了个身。因此，她让玩偶先生把星星拖回到原来的地方。⑱

　　在玩偶夫人收集花瓣作为餐巾、被单和毛巾的时候，玩偶先生修了一条用扇贝壳砌边的小径，小径从门口一直通向瀑布下的水塘。然后，他找到了一个深深的蜗牛壳当作水桶。他要用新鲜的水填满浴缸。浴缸被放在了岩架下方，有两片花瓣作为毛巾，还有一小片真正的海绵，那是他们在海边捡的。玩偶夫人捏着一根细枝，在浴缸旁的沙地上写道："私人领地，不得擅入。"当她在洞穴里忙碌的时候，玩偶先生又补充道："除非你想要泡澡。如果你想的话，拧开水龙头。"

　　玩偶先生提着他的蜗牛壳水桶去往水池，小心翼翼地走在小径的正中间。"咕嘟——咕嘟——"水从蜗牛壳的边缘溅出来。

　　有一片小小的羽毛飘落下来，翠绿色的羽毛上还长着白白的小绒毛。它飘得如此轻柔，以至于玩偶先生捡起的时候它几乎已经干了。哪只鸟掉下的羽毛呢？玩偶先生徒劳地向四周看了看。"你想要回你的羽毛吗？"他对着空气大喊，但是没有一只鸟回答他。于是，他把羽毛插在了自己的硬壳太阳帽上，

---

⑱ 这是一只海星。他和玩偶夫人一样吃惊。

43

并且靠在水塘边欣赏自己的倒影。

他很喜欢这个装扮，感觉自己华丽又时髦。因为他希望自己开出的小径在全家都欣赏过之前仍然是崭新的，所以在提水回家的路上，他用一枝蕨草扫去了身后的脚印，同时唱着《苏格兰的风铃草》——那是很久之前玩具商店的音乐盒里播放的曲子。

但是，当玩偶夫人向他狂奔过来时，他停止了歌唱。

"晾衣绳！我们的晾衣绳！"她大喊，"快！发生了可怕的事！哦！哦！哦！"

她抓着玩偶先生的手快跑起来，水都从桶里泼出去了。她甚至没有跳上小径，而是直接从扇贝壳边界上跑了过去。

"请……别……践踏……草地！"玩偶先生气喘吁吁地说。

然而玩偶夫人回答说：

"呸！那只是沙子！"

然后，她记起来玩偶先生已经有点破损了，于是语气和善地补充说：

"我很抱歉，亲爱的。但这件事实在是让我心烦意乱，我都不知道自己在做什么了。你自己看吧！"

晾衣绳还挂在那里，上面的衣服——不见了！

没有风把衣服吹走，灌木丛前也没有脚印。可是玩偶先生的晚礼服，玩偶夫人的舞会礼服、衬裙、内裤和假发，全都不见了。

玩偶先生开口了，尽可能使他的声音听起来不那么害怕：

"岛上有其他人！"

第十三章 搜寻窃贼

"只有一件事可以做了。"玩偶夫人说。

"我可以猜三次吗？"玩偶先生问道，"我们再也不用穿衣服了！"

"不对！"

"我们在沙子上写一条留言，'失物：一些衣服。请归还给玩偶夫妇，您会收到回报。我们不追究原因'？"

"不对！你只剩一次机会了。"

"等着看会发生什么？"

"不对！现在我告诉你吧。你必须追捕窃贼，让他把衣服还回来。"

"哦，"玩偶先生说，"但是他可能是一只狮子啊！"

"狮子会留下脚印。"玩偶夫人说。

"他可能把脚印擦去了。"玩偶先生说，他想起了自己用来清扫小径的蕨草扫把。

"那么，我绝对不想让一只狮子戴我的假发，"玩偶夫人说，"现在我们不能再浪费时间了。这儿有一座高山，站在山上观察这片地区视野更好。首先，你要爬到山上看看能看到什么。"

"可是我在这儿也能看到！"

"不如站在山上的视野好！"

"但是——"

"而且，如果你看到一只狮子或者一只蜂鸟戴着我的假发——"

"或者穿着我的晚礼服——"

"还有我的粉色舞会礼服——"

"或者你的蕾丝边衬裙和内裤——"

"就直接走到他面前，然后说——"

"前提是他没有在我开口说话之前把我吃掉！"玩偶先生紧张地说。

"而且要非常和气地说，"玩偶夫人说，一点也没有注意玩偶先生说了什么，"打扰一下，我想你搞错了。那是我的私人财产。"

"那用什么作为回报呢？"

"你可以寻找一个漂亮的贝壳送给他。"

"但是拿走衣服的人也可以拿走他想要的任何贝壳。我觉得我最好还是把我的晚礼服送给他。"

"瞎说！"玩偶夫人说，"诚实本身就是回报。"

"我画一幅小小的画然后送给他怎么样？"

"嗯……"玩偶夫人有些迟疑。

"我来告诉你吧！我们可以让他在我们的浴缸里泡澡！"

"如果他是头大象呢！"玩偶夫人说，"不，不，亲爱的。你找到我们的衣服后还有的是时间考虑回报的事。"

所以玩偶先生开始缓慢地朝山顶跋涉，一时滑回到沙子里，想着他永远也爬不到山顶。此时玩偶夫人站在山脚下为他加油："快点啊，亲爱的！""不要像那样打滑！""哦！你摔倒了，是不是？""想象他是一条鳄鱼！"[19]

但是当他爬到山顶后，玩偶先生站住不动了，完全陶醉于美丽的景色之中，忘记了他爬上来是要干什么的。他缓缓转身。现在，他看到树木的顶端轻拂着蓝天，比万花筒呈现的图案更优美。现在，他看到瀑布飞溅出泡沫，彩虹仿佛一架桥从此岸延伸到彼岸。现在，他看到了海滩，在阳光的照耀下，海滩白得像海鸥迈着摇摇摆摆的小短步走在上面。现在，他看到大海在紫罗兰、绿色和蓝色的色调中延伸向远方，直到它融在天空的蓝色里。

---

[19] 玩偶们很了解动物们，因为玩具商店的隔壁就是挪亚方舟。

47

"你是对的，亲爱的！"他向玩偶夫人喊道，"海是绿色的！"

"你说什么？亲爱的。"玩偶夫人喊回来。

"但它同时也是蓝色的！"

"我听不到你！"

"还有紫罗兰色，甚至有一点点金色！"

"请你再大声一点！"

"没关系！我是说，没关系！我下去之后会告诉你的！"

大海的边缘饰有白色的泡沫，就像情人卡片上的蕾丝边，只不过到处都有骇人的蓝色条纹，深得接近黑色。是潜在水下的礁石形成了这些条纹，这些礁石会使船只搁浅并让它们难以离开，直到海浪把它们冲击成碎片。

那个漂浮在海面上，像个紫色的泡泡或者半个紫色气球的东西是什么呢？

第十四章 远航的独木舟

玩偶夫人失去了耐心，也爬上山丘。

"看那儿，亲爱的。"玩偶先生说。

"在哪儿？"

"这里，就在我指的地方。那些奇怪的紫色泡泡—— 也许那是一艘船？"[20]

"在哪儿？"

"就在海鸥下面——哦，不，他动了。"

但是，玩偶夫人仍然凝视着另一个方向，尽管她坚持她看的就是玩偶先生所指的方向。

你知道，当你试着给人们展示一些东西时，他们有时就会这么做。然后她说：

---

[20] 那既不是泡泡也不是气球或者船，而是一种叫作僧帽水母的海洋生物。它在水面上漂浮，水面下方有一大束蓝铃花颜色的小管，看起来就像浅紫丁香色苔藓的褶边。从这些管子上垂下许多细长的触须，有白色、紫丁香色、蓝色和浅绿色。这种生物很漂亮，但是如果你见到一只，看看它就行了，不要试着拍它。因为它蜇人。

"一个紫色的泡泡！亲爱的，我想你恐怕需要戴眼镜了！那是粉色和黄色的花朵。"

"请原谅，亲爱的，如果我曾经见过一个紫色的泡泡——"

"我几乎可以透视它。"

"哦，不！它绝对是固体的。"

然后，玩偶先生注意到他们看的不是一个方向。

"看到没？"玩偶夫人喊叫着，"那些飞鱼就从它上面飞过！"

玩偶先生看到她看到的了。黑色、粉色和黄色的东西。然后他喊道：

"哎呀，那根本不是一朵花！那是黛娜！"

"我简直不敢相信！"

"我们得把她救上来！"

然后他开始扯下身上的叶子，以便游起来更方便。

"亲爱的，你永远也游不了那么远！我们得找一条船。"

他们滚下山丘，沿着海岸奔跑，寻找着船只。

"好啊，"玩偶先生喊着，"我发现了一条独木舟！"

他从一棵树下面出来，拖着一个掉下来的种子荚。它的形状像一个种子荚，但是更大、更壮。㉑

他们取出闪亮的黑色种子，把木头的碎片填充进去当作座位，又用另一片碎片做了一支船桨。

㉑ 这是一种名叫"老妇之舌"的种子荚，因为风吹时发出的声音而得名。哗啦，哗啦，哗啦——就像老妇正在七嘴八舌地交谈一样。

然后，玩偶先生挑衅似的脱掉了他的叶子。㉒

"我可能要翻下船游泳。"他说。

玩偶夫人刚刚张开嘴，想要告诉他穿一个小点的叶子作为泳衣，一听到他这样说立马发出了尖叫，然后搂住了他的脖子。

"哦，答应我不要翻下船！"

然而玩偶先生不肯做出保证，也不肯让玩偶夫人和他一起去。他和她吻别，告诉她在见到他以前不要想着他，然后就把独木舟放下海滩，推入水波。他跳进船里，划向了深水区。

玩偶夫人站在岸上看着，抽泣着，同时也为丈夫感到骄傲。在独木舟启航之前，大海看起来平静得就像一块闪光绸桌布。之后，在玩偶夫人的眼里，平缓的海浪变成了大浪。她

㉒ 挑衅的意思就是，这一回，不管玩偶夫人说什么，他都坚决不会再把叶子穿上。

注视着那根绿色的羽毛（因为玩偶先生还把它戴在硬壳太阳帽上）出现在波浪顶部，明亮的水珠从他的船桨上飞出。然后她有很长一段时间都没看到玩偶先生，久到她以为自己再也见不到他了。忽然，羽毛的尖端——硬壳太阳帽——玩偶先生——独木舟出现了，好像站在一条线上，然后又看不见了。

最后，因为她看得太卖力，水面上太阳的反光又如此强烈，整个海洋仿佛都被小小的上下摆动的黑色独木舟覆盖了，她都不能确定哪一个是真实的。

第十五章 独自在深水区

玩偶先生发现，在海面上和在岸上看完全是两码事。

甚至连海洋的颜色都不一样。不再有绿色、蓝色和紫色的渐变。当独木舟以一定的角度朝着太阳的方向喷射而去的时候，海浪的边缘是纯金色的，金色旁边是一条窄窄的玫瑰色线条，颜色柔和而明亮。玩偶先生回头看到他身后的波浪边缘是银色的，有着玫瑰色的底线，看起来明亮而清凉。在银色和金色之间的凹陷是明亮的深蓝色，颜色很深，但是水很清，他可以看到水底沙子的纹理。

玩偶先生发现浪头很高。他知道自己正朝着正确的方向划船，因为有时从波峰上可以看到远处浮动的粉色、黑色和黄色的斑点。在其他时候只能看到翻滚的海水。为了给自己加油，他开始唱歌。

"我的黛娜，躺在海面上，

我的黛娜，躺在海面上，

我的黛娜，躺在海面上——"

独木舟猛地撞上了什么东西，他起初以为那是另一座浮岛，然后他看到那是一条黑黄相间的大鱼。

"请不要推！"他喊道，"你差点把我撞翻了！这儿的空间对于我们两个来说很宽裕！"

但这条固执的鱼跟在他旁边游泳，一会儿用脸撞独木舟，一会儿甩动自己的尾巴，险些把独木舟弄翻了。

既然礼貌的说话没有用，玩偶先生决定吓吓他。

"在我之前去捕鲸鱼的时候，"他非常大声地说道，假装在自言自语，"每一只靠近船边的鱼都逃不开我的鱼叉！"

这条固执的鱼使劲顶撞着独木舟。

"我拿起鱼叉，把它举到空中，就像这样！"玩偶先生喊叫着，举起他的船桨，差点翻出船舷，"然后把鱼叉直直朝鲸鱼投过去，就像一道闪电！"

他用碎木片戳了戳那条固执的鱼，然而后者完全不在意。

"我该怎么办？"可怜的玩偶先生思考着，"嘘！嘘！好鱼儿！游走吧！"

此时，固执的鱼游进了起伏的波涛形成的绿色透明的小丘，仿佛在说："哦，这就是你想要的，是不是？你为什么一开始不这样说呢？"

玩偶先生坐在独木舟里冲上了波峰，发现他正直直地盯着黛娜的脸。

"黛娜！"他欢呼道。黛娜也愉快地回应：

"哦，玩偶先生！"

但是正当她伸手去够玩偶先生伸出的船桨时，一只海鸥俯冲下来，抓住黛娜飞走了。

玩偶先生呆呆地望着，直到他们变成一个小点——直到他们消失在天际。

惊吓使他丢掉了手中的船桨，现在它已经随水漂走了。

现在连那条固执的鱼都离开了，只剩他一个人在独木舟上，没有船桨，还望不到浮岛。

第十六章 救援队

现在，我们讲到哪里了？

玩偶先生没有在他那个失去了船桨的独木舟里面。

玩偶夫人在海滩上跑来跑去，试图找到他的踪迹。

黛娜被海鸥抓走，翱翔在天空中。

洛比在餐具柜上，他是唯一一个还待在家里且感到平静的人。

安娜贝尔在哪呢？

宝宝在哪呢？

柴奇在哪呢？

芬尼在哪呢？

威廉姆和布丁在岩石圈里，只觉得有双眼睛从上面看着他们。

"看，布丁！"威廉姆低声说。

但是那双眼睛已经不见了。

很快，他们听到了挣扎和刮擦的声音，然后，那耸立在空中的岩石边缘出现了一堆挥舞着的蓝色钳子。

"布丁，我们被包围了！"威廉姆低声说。

然后，一只钳子从边缘伸出来，看起来小心翼翼的样子，他们看到了一只小螃蟹，对方看上去很友好。㉓

"请帮助我们！"威廉姆喊道，"我们出不去了！"

螃蟹急忙后退，挥舞着的钳子也消失了。

"回来，"威廉姆大声喊着，"拜托了！"

钳子的尖端又出现在岩石外。

"蟹女士们！蟹先生们！"威廉姆匆匆忙忙开始说话，"我和布丁被困在这里了，我们不知道该怎么办！请帮帮我们吧，我们会十分感激你们。非常感谢你们能听我说完！"钳子挥舞了一下，好像在为威廉姆的演讲鼓掌一样。

然后他们又消失了。

但是，他们又回来了，还带来了长长的海草绳。

小螃蟹把绳子放进洞里，绳头离威廉姆的手指尖就差一点点。

他唯一能做的就是把最大的贝壳推倒——那只藏起角的贝壳，然后抱着布丁爬上去。他做到了。这一次，角没有出现。

现在，威廉姆只能用一只手握住海草绳，另一只手抓住布丁。

螃蟹们退回来，用钳子拉住海草绳，威廉姆和布丁向上升

㉓ 这只螃蟹曾经被玩偶夫妇请出他们的浴缸，他们使他在看到另一个玩偶的时候感觉很不好，只想走开。但是他是善良的，看到威廉姆和布丁的状况，他感到很难过，想帮帮他们。

起，到处打转。

一半了！

三分之二了！

几乎到顶端了——

海草绳断了！威廉姆和布丁又掉到了底下。

但螃蟹并没有放弃，还有另一根海草绳，更长、更坚韧。

威廉姆用手在布丁的潮湿的纸盘子上捅了一个洞，抓住草绳穿过去，又在另一边打结固定住。

布丁升上去，到达了岩石顶端。

螃蟹们又把海草绳放下，威廉姆抓紧海草绳，现在没有了布丁，用两只手抓住海草绳就轻了很多，他们把他拉到顶端。

哦，他是多么高兴啊！他跳上跳下，拥抱布丁，还尝试向螃蟹们说"谢谢"，他们站在一个圈子里，害羞地抖出钳子里的沙子，从嘴的两侧吹出泡泡，听起来像手表的滴答声。

然后，第一只小螃蟹用钳子招手，威廉姆拉起布丁，沿着海滩跟着他，其他螃蟹跟着他们走。

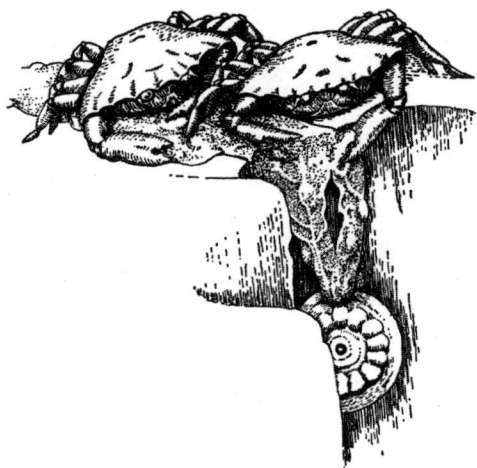

他走了一小段距离之后，发现了宝宝的小床！

再往前走几步，看见一个客厅的椅子！

之后，那些灰色的沙子变成了柴奇、绿皮

香菜和其他东西！

螃蟹发现了一条海藻——宽的，像橡皮一样厚厚的——威廉姆把婴儿床放在上面，又把布丁放在婴儿床里面，毕竟经历过一次冒险后他需要休息。柴奇坐在那个椅子上，这对他来说是一种享受，通常烤鸡不准坐在红锦面的椅子上。然后威廉姆和螃蟹把海藻从沙子里拉出来，这时，威廉姆看到了正在寻找着玩偶先生的玩偶夫人。他扔下海藻，尽可能快地跑过去，喊着："妈妈，妈妈！"

哦！他们为重逢而开心！

威廉姆告诉妈妈他经历过的冒险，妈妈向螃蟹们道谢，还说浴缸他们想用多久就可以用多久。可是转眼间，螃蟹们就像雨滴一样消失在大海里。

威廉姆对一切事物都很感兴趣——那被水灌满的玩偶屋，还有小小的神仙鱼，鱼儿正在惊讶地看着那幅《顽皮的小猫》。新的珊瑚小屋——贝壳围成的小路通往水池。

玩偶夫人把他潮湿的水手服拿出来，在厨房里展开晾干，这里没有晾衣绳。谢谢！

威廉姆就像他爸爸一样，不想穿任何东西。但是她用一片叶子给他围上，还给他戴上了太阳帽。

"其他人在哪里？"威廉姆问。他想，也许他们去野餐或者是捕狮子了，他不想错过任何活动。

"你爸爸乘着独木舟在海洋上，他已经去营救黛娜了，她正在浮出水面。"

"安娜贝尔和宝宝在哪里？"

然而玩偶夫人只是回答：

"哦，在哪里呢？"

第十七章　两个愿望实现了

你还记得吧？那只海鸥把黛娜抓到空中时，她正要抓住玩偶先生伸向她的船桨。

他们向上升，最后，玩偶先生和他的独木舟变得越来越小，直到黛娜只能看见水下珊瑚虫建成的圆形空心岛和浮在海面的黑色斑块。

黛娜看到有东西在浮动，你觉得那是什么？

一个非常好的肥皂盒！

我告诉过你她是怎样渴望得到一个肥皂盒，并把它放进厨房的。而这里有一个你能想象得到的最好的肥皂盒！它和别的东西一起从"巨浪骄傲号"的残骸中漂浮出来。它干净、崭新，这正是黛娜梦寐以求的。盒子就在那里，可她和海鸥飞在天空中。她可能再没有机会拿到这个肥皂盒了。她只能眼睁睁地看着盒子在海浪中上下浮动。

"我可能再也看不到这么好的肥皂盒了！"她悲伤地说。

这可太不幸了，不是吗？

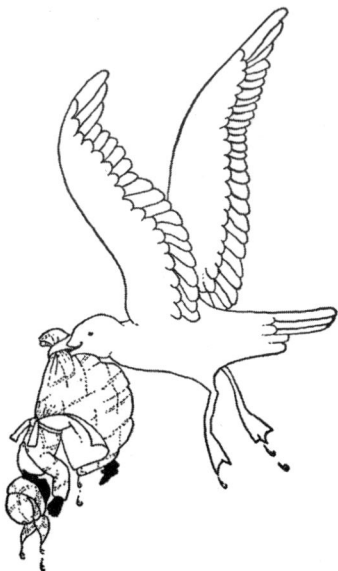

后来，海鸥飞向内陆，他们身下蓝色的海水变成了绿色的。她看到的地方都长满了开黄色花朵的树，看起来就像盘子里放着鸡蛋。到处都能看到巨大的明蓝色蝴蝶在阳光下扇动着翅膀。

再后来，海鸥把黛娜放在了一棵树尖上。

*

我一直在好奇海鸥为什么放下黛娜，可能是因为：

1. 她对他来说太沉了。

2. 树顶有什么东西使他害怕。

3. 他发现黛娜并不好吃。

4. 他突然想起来他要去海滩见另一只海鸥。

5. 黛娜踢了他。

6. 一些其他的原因。

你认为原因是哪一个？在你认为可能的原因的旁边画一个"√"，或者你想到了更好的答案，请写在下方空白处。

7.＿＿＿＿＿＿＿＿＿＿＿＿＿＿＿

黛娜从叶子上掉下来了，

簌——

簌——

簌——

簌——

落地。

她的头首先落在一簇柔软的蕨类植物丛中。

她抬起头，环顾四周。她在一根大树枝上，大得足以被眼前这只小玩偶当作路。树枝大部分都被苔藓和小蕨覆盖着，像绒毛垫子一样，柔软地铺在脚下。她沿着它走，跟随着一些枝叶间伸出来的树枝。

从边缘俯视下去，只能看到其他的树叶和树枝，它们太厚了，让她看不到地面。

抬起头，也是一样，她看不到天空。

"我不在乎，"她对自己说，"我以后有足够的时间看天空。"

这里看不到人，只有一只昆虫像一个旅行者一样沿着这条路走。黛娜对他说话，但他并没有注意。

"美好的空气！"黛娜说，"你一定为你绿色和金色的衣服骄傲吧！不是吗？"

"等你看到我家夫人的粉色礼裙和黄色假发，你就不会觉得你有多美了！"

她可以让自己舒服一些，因为现在她待在这里，直到玩偶先生找到她之前，她都不得不待在这里。"如果他在海洋中没有找到我的话，他一定会在树上找我的。"她想。

首先，她要弄干她已经沾满盐水的衣服。她把围裙、头巾和裙子展开放在树枝上，但是仍然戴着她的蓝色珠子耳环。

她所在的那棵树在喇叭花丛中成长，那些花朵看上去非常像铜管乐队的小号，黛娜希望它们能够吹奏音乐。

当她站起来抬头看着它们时，有一朵从花茎上掉了下来，正好落在她的头顶上，让她看起来像一个罩着蜡烛的烛架。

黛娜把它拿了下来。

我一直很遗憾，她从来不知道那时她看起来是什么样的。我会告诉你为什么。

黛娜有两个最迫切的愿望。

第一个是看见一个非常棒的肥皂盒。

我们知道她刚刚实现了这个愿望，那让她开心极了！

第二个是有一头黄色的头发，就像玩偶夫人那样。

当她把头伸出花丛时，她的黑头发上带着金黄色的花粉。

她看不见自己，当然也没有人告诉她。

在一个小时内，黛娜的两个愿望都实现了。遗憾的是第一个她没有得到肥皂盒，第二个她根本不知道。

但是那朵花让她有了一个主意。她又把花戴到头上，并且往下拉，直到她的头卡在顶端。这样，她有了一条漂亮的裙子。

然后她坐在一个藤蔓圈里，小跑一段，往前一推，她的秋千飞起来了，飞得越来越高。多么有趣！

她开始感到轻盈——头晕，到底是为什么呢？高兴！就是这样！虽然她迷了路，还很孤独，但是她从来没有这么高兴过，尽管她以前从未来过这里，但她觉得现在就像到了家一样。

她一转身，开始唱歌：

"乖乖睡，黛娜，在树的顶端，

当风吹起，摇篮轻轻晃动——"

然后，发生了一件奇怪的事！

第十八章 在树顶

黛娜已经注意到，在她晃上晃下的时候根本没有刮风，除了她的耳环响，这里听不到别的。

然而，尽管大部分叶子是静止的，但有一片稍微移动了一下。

现在，当她唱歌的时候，这些叶子离开了它们的树枝，围绕在她周围。她发现它们不是树叶，而是小蜥蜴，后背是绿色的，下面是奶油色的。有的用四只脚紧贴着树枝，有的坐在尾巴和后腿上，前腿弯曲。喉咙处膨胀着一个大大的半透明[24]的"橙色泡泡"。

"太好了……我从来……"黛娜惊呼，"哦，我的天啊！"

接着，奇怪的事情发生了，一只小蜥蜴从苔藓上跳到了另一个树干上，黛娜看到他缓慢地从绿色变成了褐色。

她不能相信自己的眼睛，接着，另一只也跳过去，同样的事情发生了。

---

[24] 半透明意味着你几乎可以看穿它们，但不是很清楚。

然后第一只又跳回到苔藓上，从褐色变成了绿色。㉕

黛娜忙着看他们，没有听到一个细微的沙沙声。但蜥蜴听到了。呼！除了骄傲的昆虫以外，只有她一人待在树枝上。昆虫已经走到了路的尽头，从叶子的边缘看上去，好像仰头看着悬崖的边缘。

"好吧，你是什么？"黛娜先开始说话。

但她从不说"你要做什么"，因为她看到了一些使她害怕的事，把一切都忘了。

在树叶中，一只毛茸茸的手臂伸向她粉红色的手。

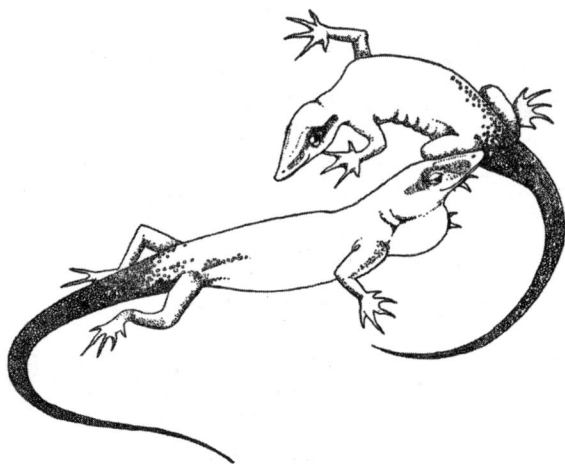

㉕ 这真的会发生。蜥蜴被称为变色龙，可以从绿色变成褐色，或者从褐色变成绿色。这要看其身下的颜色。假设你也可以像这样改变，当你跑到草坪上，你会变成绿色；当你站在土地上，你会变成褐色。在玩捉迷藏游戏时，这将是多么有用！

第十九章 欢迎英雄!

"爸爸什么时候坐船回来？"威廉姆问他的妈妈。

"他早就应该回来了，"玩偶夫人回答说，"你跑到那座山上，看看他回来了没有。"

威廉姆爬上小山，看见玩偶先生在离海岸很近的地方划着独木舟。[26]

威廉姆没有跑下山去。他滚下了山。

"爸爸回来了！爸爸回来了！"

"快跑过去！别忘了拿一束鲜花去迎接他！"玩偶夫人叫道，"哦，天哪，我希望我能有时间用花朵做一个写着'欢迎'的拱门！"

她尽了最大的努力。她抓起一根小树枝，在沙滩上写下字母。威廉姆跑了起来，拖着一朵香香的奶油色的花，花朵像一个杯子，比他自己的个儿还大，里面坐着四只蓝绿相间的甲

---

[26] 也许你以为我忘了玩偶先生失去了他的船桨。不过，他拔出了浮木座子，把它当作船桨。

虫，他们感到惊讶，却享受着旅行的乐趣。

玩偶先生的独木舟划过波浪的顶峰。当他看到了玩偶夫人和威廉姆时，他唱起了歌。

"很高兴看到你们，

我亲爱的玩偶夫人和威廉姆！

我坐着独木舟，穿过了蓝色的大海，

我亲爱的玩偶夫人和威廉姆！

而且我想，我顺利通过了，

但海鸥带着黛娜飞走了！"

然后，他站起身，挥舞着船桨，大声喊道："合唱！"

"波浪上越过海浪，海浪下穿过海浪，

尽管鱼儿甩着尾巴发出飒飒声，我们还是划着桨！"

"我把你留在岩洞里，

玩偶夫人，我亲爱的，但是没有威廉姆；

虽然九死一生，

但我穿过了海浪，

不过，唉，我没能救出可怜的黛娜！"

"合唱！"他大叫，"所有人，一起唱！"

于是，玩偶夫人和威廉姆待在岸上，玩偶先生站在独木舟上，用桨打着拍子，一起唱歌：

"波浪上越过海浪，海浪下穿过海浪，

尽管鱼儿甩着尾巴发出飒飒声，我们还是划着桨！"

当玩偶先生唱到"独木舟"时，他划得太用力了，独木舟翻了，他掉下去了。

威廉姆实在受不了，他也进入海里，你知道衣服不重要，因为每一丛灌木里你都可以找到东西做衣服。

在他们跳了一个漂亮的水花后，终于上了岸。三个玩偶手拉着手在沙滩上跳舞，直到他们都倒下去。

威廉姆献上他的花束，玩偶先生赞叹玩偶夫人在沙子上写的"欢迎"。他们互相述说着自己的冒险经历。

在故事结束时——

"听！"玩偶夫人说，"那是什么声音？"

他们听着，有冒泡的声音传来。威廉姆跑到一块石头后面，手里拿着一只小螃蟹回来了。

"这是我的朋友。"他说。

"什么？我相信这位先生是我们的第一个拜访者！"玩偶先生说，"亲爱的，你还记得吗，我们的浴缸？"

"是的，亲爱的。"玩偶夫人说，她为自己感到羞愧。

"很高兴见到您，先生。"玩偶先生说，鞠了个躬，"真是口爱的一天！"

"不要说口爱，我亲爱的，"玩偶夫人乞求道，"要说可爱的一天。请……吐字……清晰！"

"您必须留下来和我们一起吃晚餐。"玩偶先生说。

"对，一定要留下来！"玩偶夫人说，"如果您不嫌弃简单的饭菜，您看，我们的厨师不见了，房子是一团糟。事实上，我们现在只有一个临时看门人。"

"看门人，亲爱的？"玩偶先生问，然后想起了那条神仙鱼，它从一个房间游到另一个房间，试图透过窗户告诉他们什么。所以他补充说："哦，是的！先生，如果您愿意穿过我们的房子，我们可以把您带到另一边，我们的看门人会很乐意带您参观。您可能会喜欢看我们收藏的画作。《淘气的猫》特别漂亮。"

"《谁会买我的玫瑰》更好。"玩偶夫人说。

"《轻骑兵的冲锋》是最好的！"威廉姆叫道，然后，因为安娜贝尔不在，不能为她心爱的画说话，于是补充说，"如果您喜欢的话，《樱桃熟了》也不错。"

但小螃蟹用一只钳子抓着威廉姆的手，另一只指向其他地方。

"他对绘画不感兴趣。"玩偶先生失望地说。

"他要我们去个地方。"威廉姆解释说。

第二十章 攀登岩石

螃蟹匆匆前行，凿开横盘，三个玩偶跟着他。他带领他们到了一个岩石特别突出的地方。

岩石都很陡峭，尽管螃蟹跑在前面，又跳回沙滩，一次次地重复，告诉他们这是多么容易，但玩偶夫人确定自己无法从这儿上去，同时她也不愿意在下面等着。

因此，玩偶先生跑到海滩边，那里有一些树木，他拔了另一根长长的须根，像他架晾衣绳的那根一样，然后又折了三根细枝，分给玩偶夫人、威廉姆和自己。

"就像攀登高山的登山者。"他解释说。

然后，他们手里拿着细枝，开始攀登岩石，螃蟹在前面带路。

现在，这个岛是一个珊瑚岛，因此沙子外面卡住的岩石自然就是珊瑚。你知道岩石和岩石是有区别的。它们有些是硬的，有些是软的，而珊瑚是软的。因此，随着岁月的流逝，海浪会慢慢侵蚀它们，就像老鼠慢慢啃掉奶酪。玩偶们爬上的岩石就被海浪年复一年地蚕食着，已经变得像刀和针一样锋利尖锐。其中有小水坑，是潮汐后留下的水；有时只有几滴，有时是满满的。

如果你想赤脚爬上去，你的旅程一定会非常艰难。你会被严重割伤，而且，除非你很小心，否则海水坑会抓住你的脚，将你绊倒。

如果你觉得这对你来说很困难，就想想玩偶一家经历了什么吧。

通常，如果他们没被绳子拴在一起，他们就会摔倒。有时候，玩偶先生会把往一个顶点爬，而威廉姆则会往另一个方向爬，玩偶夫人在两人之间摇晃，就像她的裙子被挂在晾衣绳上晾干时一样。当这一切发生时，她闭上眼睛，尖叫着，在他们不得不跳过茶杯大小的水坑时，她也会闭上眼睛。

在大多数她不用尖叫或跳跃的时候，她会说：

"为什么我们来这儿？"

或者：

"我们要去哪里？"

或者：

"我们怎么知道这只螃蟹要带我们去哪？我们对他了解多少呢？就算他对威廉姆很好，我们又怎么知道他对我们也很友好呢？我们什么都不知道！他可能是在绑架我们。可能会把我们带到强盗的巢穴！"

或者：

"我不能跳这个。"

或者：

"我不能爬这个。"

或者：

"我希望我们从没来过这儿。"

或者：

"我们下去吧！"

或者：

"亲爱的，小心！威廉姆，小心！哦！小心！小心！"

玩偶先生和威廉姆什么也没说，因为他们没有力气说话了，因为玩偶先生拉着玩偶夫人，威廉姆推着她。此外，他们也不知道她的问题的答案。

看起来，下去和上去都很艰难，他们只能继续。

你可以用四步就做完的事，对玩偶一家来说很难。他们不得不经常停下来，当他们休息时，玩偶先生会喘口气，欣赏美丽的景色，而且希望他带了速写本；玩偶夫人会接着问他们为什么来这儿；威廉姆会把岩石碎片扔到下面的沙子上，或者靠在使玩偶夫人感到头晕目眩的边缘处。

最后，他们跟着螃蟹爬上了山顶，发现自己站在一个比路上遇见的都要大的水坑旁边，他们躺在旁边。他们已经筋疲力尽了。

"一个山地湖！"玩偶先生说。

"这只是一摊海水，"玩偶夫人说，"螃蟹把我们都带来仅仅是为了看一摊水吗？"

"他带我们来一定有些好的理由，"玩偶先生说，"等等看。"

"看！"威廉姆喊道，"看！"

第二十一章 在老螃蟹池里

小螃蟹跳进水里，走在池子底部，他走过的时候，扬起了一片白色的沙子。

三个玩偶平躺在水坑边缘，看着他。

水是那么清澈，从上面往下看就像在看空气，只是底部有贝壳在晃动。这里有一只海星。"他究竟是怎么到这里来的？"玩偶夫人问，因为她以为他也是一步步爬上来的。有一只海胆，像栗子一样长满了刺。在岩石下面有一只桃粉色和紫色的海葵，像一朵有厚厚的茎和多瓣的鲜花，轻轻摇动着。

在游泳池的另一端，一只老螃蟹坐在一堆海藻上轻轻拨水，假装没注意到他们。他看上去很无害，心不在焉，坐在那里慢慢地从嘴里吹着小泡泡，好像他正被煮着，炖在火上。

但是，玩偶夫人对玩偶先生耳语道：

"那只螃蟹在盯着我们看！"

玩偶先生低声说："他看起来很愉快。"

"你会看到的。他在隐瞒什么，我肯定。"玩偶夫人在他耳边低声说。

小螃蟹走到大螃蟹身边。

大螃蟹看着他，威胁般地举起一只钳子。就在那一瞬间，小螃蟹飞快地把海藻扔向大螃蟹，之后仓皇逃走。

小螃蟹发现了什么？

一只白色的袖子，和一只小小的粉红色的张开的手。

"我的宝宝！"玩偶夫人尖叫着跳进水里。

玩偶先生和威廉姆简直不敢相信自己的眼睛，因为她除了在浴缸里，从来都不喜欢下水洗澡。她一向对他们那么挑剔：他们必须穿上泳衣；他们必须保证在靠近岸边的区域活动；他们几乎刚进去就被她叫了出来。

现在她进到水中，毫不关心水是不是进到了她的脑袋里（爬珊瑚的时候，她的太阳帽丢了），她撕下自己的衣服，那些叶子惊扰了池子里的珊瑚虫，使它们警觉地折叠起身子，一动不动。

她身后卷起一串涟漪，沙子搅动着，她走到了海藻旁，将宝宝抱进怀里。

玩偶先生和威廉姆也加入进去，他们抓住了那只老螃蟹，以免他捉住岩石上的小螃蟹。小螃蟹此时

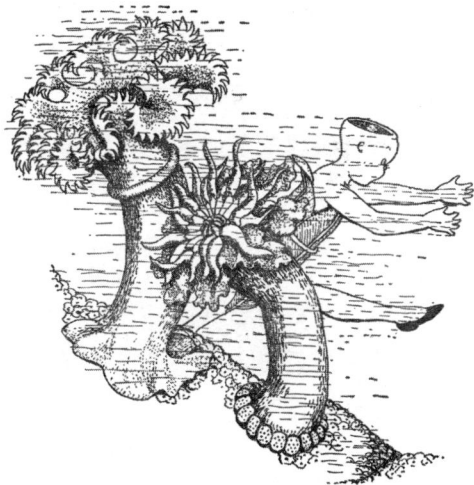

正挥舞着他的钳子，还吐着泡泡什么的。

"是宝宝！啊，保持斗志，抱紧了，威廉姆！宝宝还好吗？"

"没有摔坏！"玩偶夫人回答说。她坐在海藻上，双臂摇晃着，抱着宝宝。

"那么，我原谅你把我的孩子藏起来了！"玩偶先生说，放下了老螃蟹的腿，威廉姆仍然抱着一只，拖着它穿过水坑，这很好玩！

"走吧，威廉姆！"玩偶先生说，"我准备做一场演讲。"

一些海藻裹在他周围，像一条披风，玩偶先生在岩石上向螃蟹们鞠躬。

"螃蟹们！先生们！非常开心能在这里代表我的儿子威廉姆，玩偶夫人，我的小宝宝，对你们的善良表达我由衷的感谢。"他对小螃蟹鞠了一躬，他害羞地抬起钳子半转过身。

"在被我们要求离开我们的浴缸之后，你还能以德报怨。我希望现在你把它看作自己的私有财产——

"听！听！"玩偶夫人喊玩偶先生。

"首先，你救了我们的儿子威廉姆，又救了我们的老朋友布丁——"

"听！"威廉姆喊道。

"你又把我们带到了我们的孩子身边。"他鞠躬，对老螃蟹说："在你的照料下，一个被大海抛弃的无助的婴儿安然无恙地回到了母亲的怀抱。我们知道离开我们的宝贝对你而言是一件多么悲伤的事。因此，我们希望你能把自己看作是我们家的朋友，无论何时，只要你愿意，都可以来。"

"听！听！"玩偶夫人和威廉姆喊道，两只螃蟹挥动着钳子。

"为我们的朋友干杯！干杯！"玩偶先生喊道。

"涂了黄油的烤面包配草莓酱！"威廉姆补充说。

两只螃蟹冒泡道谢。

"我想起了一个故事。"玩偶先生继续说。但是这时玩偶夫人说：

"亲爱的，我们该回家了。"

"我还没说完，亲爱的！"

"但你已经说了你需要说的一切。"

"我知道，但我的演讲才刚刚开始！"

"我们真的必须动身回家了。"

"好吧，我亲爱的。"玩偶先生说。他很失望。

他想给他们做一个可爱的长篇演讲，也许还会唱歌给他们听。

因为他们现在是朋友，老螃蟹向他们展示了他穿过岩石的秘密通道，于是他们就不用艰难地爬下去了。

我也会告诉你，他每天都会来看望他们。因为他真的很爱宝宝。

第二十二章 威廉姆的营救行动

当玩偶夫妇、威廉姆和宝宝回到珊瑚小屋的时候（这是玩偶夫人给他们的新家起的名字，而玩偶先生答应会在前面的沙子上用贝壳摆出来），他们都累了。

但是在他们休息之前还有很多工作要做。首先，宝宝必须放在婴儿床里。所以布丁被抱了出来，他像柴奇一样坐在椅子上。玩偶夫人对他们解释说，这是特殊的款待，他们不能指望可以天天坐在最好的红椅子上。

然后看门人神仙鱼必须得到他的晚餐。威廉姆负责这项工作。他在房子外面用沙子和贝壳建了一个楼梯，抱了一些海藻放在上面。神仙鱼喜欢吃有橄榄绿色的褶边的所有食物。

玩偶夫人试图想出应该告诉看门人的他该做的事——小心火？不，她可以透过窗户看到火在燃烧。

锁上门？并没有任何要锁的门。她什么事都想不出来。她不得不通过指使威廉姆来让自己满意：

"告诉看门人小心！"

然后，玩偶夫妇和威廉姆围坐在桌子旁，把贝壳盘子和贝壳杯装着的空气当作晚餐吃了。

"亲爱的，如果你愿意的话，再来一杯这种可口的空气吧。"玩偶先生一边说，一边把他的贝壳递到玩偶夫人身边。

"但是，亲爱的，你已经吃两盘了。恐怕你一会儿会睡不着！"

然而，她又给他倒了一贝壳。

"我们什么时候开始？"威廉姆问。

"儿子，不要在嘴里塞满东西的时候说话。"

威廉姆吞下空气。

"我们什么时候开始？"

"你知道吗，亲爱的，我想我们应该为这些螃蟹做点事。用餐巾，威廉姆。我们可以请他们吃饭，还可以准备音乐，我能演奏《玩偶圆舞曲》。我不知道他们是否会跳舞。"

"我们什么时候开始？"

"不要打断妈妈，亲爱的。"

"但——"

"我可以唱关于黛娜的歌，"玩偶先生建议，"或给他们每一位画一幅小小的画。"

"但——"

"不要打断爸爸，亲爱的。"

"但——"

"好吧，经过了今天的冒险，我肯定大家已经准备好上床睡觉了。"

"但是，爸爸，妈妈——"

"什么事？威廉姆？"

"我们什么时候去寻找安娜贝尔？"

"当我们都休息好，精神满满以后。"

"但是我们不能在安娜贝尔失踪的时候在床上睡一整夜！"

"听着，威廉姆，妈妈和爸爸都像你一样渴望找到安娜贝尔。但是我们都很累，天也马上就要黑了。如果我们今晚出发的话，我们自己都会迷路。明天，我们会让老螃蟹照顾宝宝，准备我们的午餐，然后开始寻找安娜贝尔。"

"但我们不能让安娜贝尔——"

"有个东西告诉你妈妈，安娜贝尔安然无恙，明天日出时我们就出发去找她。"

"但——"

"威廉姆！妈妈清楚什么是最好的！现在对爸爸和妈妈说晚安，记得刷牙。"

于是，他们都上床睡觉了。

但是，威廉姆睡不着，他在黑暗中独自想着安娜贝尔。

他悄悄起身，蹑手蹑脚地走到岩石下。

他打算自己去找安娜贝尔。

他想了一会儿，带上了布丁。但是布丁看起来肥肥的、粉粉的，安静地睡在客厅的椅子上，威廉姆没吵醒他。他在沙子上写下一封信：

亲爱的妈妈、爸爸，

我希望你们都好好的。我去找安娜贝尔了。

爱着你们的，

你们亲爱的儿子

威廉姆

附言：别担心。

（我必须告诉你，玩偶夫妇并没有看到威廉姆的消息，因为夜里的海浪把他的信冲没了。）

第二十三章 进入丛林

"我该从哪条路出发？"威廉姆思考着。

然后，他看见一个灯笼飘浮在树下，决定去找那个带着它的人，不管那人是谁。

他跑到岸边，爬到树根上，匆匆追赶灯笼。

灯笼领着他沿瀑布前进。月亮尚未升起，只有灯笼发出了亮光，它有时消失在一片叶子后，然后又出现。威廉姆也有可能在玩儿捉迷藏游戏，但瀑布的声音指引着他，他随着它走。

哦！

他绊了一跤。

他爬了起来，环顾四周寻找那只灯笼。就在那儿。但是，还有一个——又一个——三个——四个——好几百个！

"我的上帝啊！"威廉姆说。

这时，他旁边的一片叶子亮了起来，他看出来了，这些都是萤火虫。

"现在我该怎么办呢？"威廉姆大声问。

"跟着我。"

那是什么？他是不是想象出了这句话？现在看来，那个声音只不过是河流发出的声音。

"你能带我去见安娜贝尔吗？"他问，没有听到回答。

但那条河肯定是对他说话了。他要顺着河走。

"河流，带我去找安娜贝尔！"他喊道。他在黑暗中，走着走着，跌倒了，又爬起来。

他开始能在黑暗中看清事物了。布丁、小螃蟹，或者是布丁在挥动着天蓝色的爪子？

他揉了揉眼睛。

"威廉姆。"他认为他听到了安娜贝尔的声音，于是回应说：

"我来了！"

黑暗中有东西飞过，挥动的翅膀把他撞倒了。

"我需要休息一会儿，"他想，手脚并用爬到树叶的遮蔽处，此刻，他正处在三只萤火虫的绿光下，"我不困，不困，我马上就动身，我一点儿也不累。"

他睡着了。

第二十四章 蜗牛的痕迹

早晨到了，威廉姆醒了。

"我在哪里？我在干什么？"

然后他想起来了。他在寻找安娜贝尔的路上。

然后，在黑暗中，他爬到了这个看起来像洞穴的地方，睡在铺着柔软的有弹性的叶片的地面上。现在，在他移动的时候，叶子开始在他脚下跳舞，突然，他的脚陷了下去，悬在空中。

他抓住一根树枝把自己拉起来，仔细看着那个他弄出的洞。

热带地区有一种藤本植物，能在一夜间生长二十英尺。威廉姆睡觉的时候，它还接近地面，黑暗里，它的卷须紧紧抓住树枝，就像宝宝紧紧抓住你的手指，它长得越来越高，茎和叶把威廉姆高高地举起来。

他待在一个有阳光穿过的绿色山洞里，心形的叶片好像一块绿玻璃一样，上面印着黑色的叶脉花纹。

他瞥了一眼，发现他的腿是浅绿色的，就像在海水中划动时一样。

他试着把那块绿色刷掉，然后发现他的胳膊和手也是绿色的。

"哦，亲爱的！"他想，"如果我一直是绿色的，当我找到安娜贝尔的时候她就认不出我了！"

他扯了一片叶子，用力擦洗。但是叶子的汁液只会让他变得更绿。㉗

最后，他放弃了让自己重新变成粉色，开始四处寻找出路。

"我怎么才能下去？"他思考着，小心翼翼地行走，就像你走在薄冰上一样，并且抓住一条悬在上面的卷须，让自己站稳。

他是个囚犯。走过一张张开的网，一个完美的蛛网丝轮，微微下垂着，像一个宽阔的圆锥体，随着微风上下晃动。在阴影里的部分是看不见的，但在光穿过的地方，蛛网就像银色和青铜色的水晶。威廉姆摸了摸，它全身发抖，但它又硬又黏，撕不破。

前门关上了。他透过树叶地板上的活板门往下看了一眼。

葡萄藤沿着一棵树的树枝缠绕着，挂在河的上面。河的下面有一条很小的瀑布，但对于小玩偶来说很大。这条河被树根和枯叶染成了黄褐色。泡沫和泡沫凝块漂浮在上面，开始漂得

㉗ 你和我都知道是光线通过叶子让威廉姆看起来是绿色的，就像光通过玻璃窗落在你身上会让你变成紫色、红色或蓝色。

很慢，然后快了起来，像比赛似的，直到它们被横扫成一个锗晶体风扇，以泡沫为边缘，洒在一个广阔的斜坡岩石上。

"那不是一个跳水的好地方。"威廉姆自言自语。

他又一次透过蜘蛛网看了看。

结网的蜘蛛停在一个帐篷里，他把两片叶子和蜘蛛网粘在一起做成了一个帐篷。他几乎和威廉姆一样，有着粉色和黄色的身体，颜色像桃子，腿上有黑白相间的条纹。

当威廉姆试图通过的时候，把网摇了起来，惊扰了蜘蛛。蜘蛛以为抓到了苍蝇，为了早餐匆匆忙忙冲下来，差点儿掉到他身上。

他吓得跳了回来，落在洞里，嗖的一声划过空中，落在瀑布里。

他被冲走了，一会儿头浮出水面，一会儿脚浮出水面，一会儿整个身子都沉进水里，随着水流翻滚，他抓住树枝和叶子，最后被卷入岸边附近的涡流，在那里，他旋转着，直觉得头晕。

在他下面，有巨大的轰鸣声传来，那一定是珊瑚小屋附近的瀑布融入大海的声音。

他疯狂地抓住一棵悬着的蕨类植物，把它拖到身上，举过头顶，像一个水手爬上船那样，把自己拉到岸边。

他几乎回到了他开始的地方。

"好吧，不管怎样，"威廉姆自言自语道，"我是从葡萄藤上下来的，我已经从蜘蛛那里逃了出来。这很了不起！"

他不再是绿色的了。他湿漉漉的胳膊和腿是粉色的。这也很了不起。

"谢谢你。"他对河流说，因为他以为绿色被冲走了。

河流是怎么回答的？

"跟我来。"

是的，他确定。就像昨天晚上一样，尽管现在那些字句又被水流的声音淹没了。

他再次启程。

这一次，他可以看到他要去哪里，而且他有很多同伴。

一只趴在叶子上的绿色蜥蜴从喉咙里吐出黄色的泡泡。㉘

"早上好，"威廉姆说，"你知道安娜贝尔在哪儿吗？"

但蜥蜴只是眨着眼睛。

两只小鹦鹉，叶绿色，也紧挨着坐在一起。

"早上好，"威廉姆说，"你知道安娜贝尔在哪儿吗？"

但他们只是互相亲吻。

然后他看见了一片大叶子——绿色的。

"这片丛林里的一切都是绿色的，"他想，"难怪我也会变成绿色。"

这只鹦鹉有一个黄色的脑袋，肩头的颜色黄红相间。

她的嘴弯成一个令人愉快的弧度，仿佛她在笑。

"早上好，"威廉姆说，"你知道安娜贝尔在哪儿吗？"

鹦鹉把头转向一边。两片白色的眼睑一起滑动，一片向上，一片向下，就在她明亮的圆眼睛上面。她用爪子抓她的喙，但她一句话也没说。

㉘ 这种蜥蜴一直都是绿色。他不像变色龙。

威廉姆一直认为她知道安娜贝尔的下落，只是她不说。

后来，他看到了一只几乎和他一样大的蜗牛。他已经有了属于自己的湿湿的、沙色的触角，尖端呈暗色，从灰条纹的壳子里伸出，因此他没有吓到他。他吃惊地说："早上好！"蜗牛的角缩进去了。

"你能告诉我安娜贝尔在哪儿吗？"

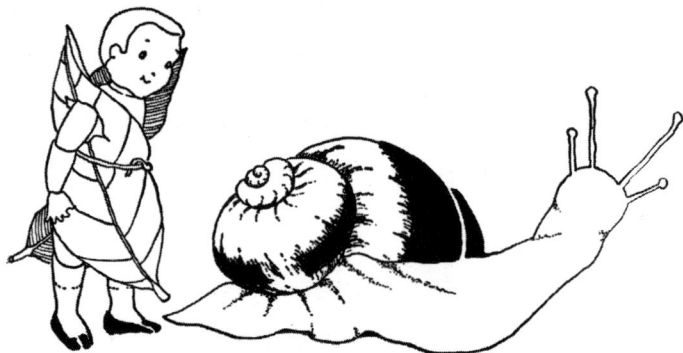

蜗牛伸出了触角，下面还出现了两根短短的触须，摆动了两下，缩进去，又伸出来。然后，蜗牛开始把自己从壳子里挤出来。他的身子是湿的，有着鹅卵石一样的浅褐色，每个边缘都有肥胖的皱褶。他的头抬了起来，伸得高高的，超过了壳子顶端，伸展着，摇动着。然后又矮了下去，后面的部分也伸出来了。现在，这只又扁又长，壳竖在背后的蜗牛，开始慢慢爬行，身下留下了一条闪闪发光的黏液。

"他知道安娜贝尔在哪里，"威廉姆想，一面跟着他走，一面等着他。你知道追上一个跑得太快的人是什么样的。当你遇到一个走得太慢的人，你就只好等待了。

蜗牛爬得很慢，他壳子的灰色非常深，威廉姆感觉这一定是一只成年蜗牛——一只很老的成年蜗牛，因此他非常聪明。

他会把他直接带到安娜贝尔身边的。

但蜗牛并没有把他直接带到安娜贝尔身边。

每一片叶子和树枝都能使他摇摆不定，转换方向，包括每一丛粉红色和青铜色的蕨类植物，还有每一颗落下的种子荚。

花了很长的时间，他们才走到了一个大大的、象牙白色的伞菌旁，伞菌的边缘垂下了一张网，向一副窗帘似的。威廉姆想：

"也许安娜贝尔在这里！也许她在这个帐篷里。"

他拨开"窗帘"走了进去。里面凉爽宜人，但空荡荡的，只有一只甲虫在吃午饭。

威廉姆问他关于安娜贝尔的事，但他没期待那个家伙能告诉他答案，而且他也确实没有得到答案。

于是他又出来了。蜗牛还在爬，但他太慢了，还没有爬到另一边。

威廉姆尽量让自己不急躁。他礼貌地对他说了一些关于玩偶之家、看门人、螃蟹、爸爸的独木舟和安娜贝尔的事，但对方没有注意他的话。

在他们走了一个小时又一个小时之后，蜗牛缩回到壳子里，停了下来。

威廉姆知道，成年人都喜欢午睡，所以他坐下来等待。

等待——

等待——

等待——

最后，蜗牛又探出身子，开始往回走。

突然间，威廉姆相信，他并不知道任何关于安娜贝尔的事。

他应该相信河水的话："跟我来。"

现在，河流、安娜贝尔，还有他自己，都迷失了。夜晚来临了。

第二十五章 错误的河流

威廉姆很谨慎地选择了一个地方等待天亮。

前一天晚上，他睡着了，醒来后发现自己在一圈岩石里。

昨天晚上，他睡着了，醒来后发现自己到了空中。

今晚，他爬进一朵甜蜜的白色喇叭花中，他梦见花瓣像抱娃娃一样抱着他，就好像你在床上踢了被子，妈妈轻轻地用床单将你裹好让你睡觉一样。整个晚上，花儿都把他稳稳地抱在怀里，早晨打开花瓣，让阳光照进来。

"现在，"威廉姆说，他谢过喇叭花，从里面走出来，用露水洗了脸，"我必须再次找到河流。"

他留心着流水的声音。虽然遥远而微弱，但他认为他听到了，然后向那个方向走去，他推开一丛一丛的蕨类植物，洗了美好的晨浴。

丛林里一直就不明亮。树木构成了一个厚厚的屋顶，阳光只能一点点渗进里面。空气湿热，就像温室，或者门扉紧闭的浴室，而且里面还有装满了热水的浴缸。从早上到中午时分，所有事物都渐渐变得安静。鸟兽都藏了起来，在炎热的天气中休息。

一根树枝在脚下噼啪作响，那声音太大，惊得他跳了起来。但他还是努力前进，穿过丛丛抓着他的蕨类植物，它们似乎在说："留下来陪陪我们！"穿过闪烁发亮的蜘蛛网，网子粘在他身上，拖在他身后。如果你看到了他，你会以为他披着蚊帐。

他跳了起来，因为他突然看见了一个白色东西。长长的胳膊弯曲扭动着，好像想伸出手来裹住自己。

"我不怕你！"威廉姆喊道。当发现那只是一朵花时，他感觉自己十分愚蠢。这朵花有着长长的花茎，六片短的圆形花瓣，六片细长的花瓣，还有另外六片更长的花瓣，就像线一样。㉙

"嘿！"威廉姆说，"只是一朵花，你再敢吓唬我一次，我就……我就……把你摘下来！"

他继续走，走了很长时间，突然跳了一下，停住了。只是另一株蜘蛛百合。不过还是让他吃了一惊。

他只是看了它一眼，又继续前进。

这儿又有另外一株！

在这时，有件事还是让他纳闷：他看见的是三朵蜘蛛百合，还是同一朵？

他在百合茎上系了一段拖在身后的蜘蛛网，然后又出发了。

过了一会儿，他又看见了一抹白色的微光。

㉙ 这花是一株蜘蛛百合。它看起来就像一只长着细长腿的白色大蜘蛛。

蜘蛛百合，还有蜘蛛网。

此时，威廉姆明白自己是在兜圈子，他爸爸曾告诉他，人们在森林里迷了路，有时就会这样。

"这样做没什么好处，"威廉姆说，"我可以在这个圈子里走上一千万亿年，但不可能找到安娜贝尔，你不要挡我的路了！"他严厉地向蜘蛛百合说，花朵将一片花瓣伸向他，好像在向他吐舌头。

他是怎么发现他在哪里的呢？

一棵树在不远处，上面覆盖着攀爬的藤蔓，鲜红的茎和天鹅绒般的叶子，它们紧紧贴着树干，看起来就像是精心装饰在上面的花式编带。那些像其他树木一样的粗大树枝，被蕨类植物、兰花和藤蔓[30]装点着，像铃铛里的绳子一样悬垂到下面。

威廉姆抓住一根，两手交替着，一点点向上爬去。

当他爬到高空时，他看到了一个能令他高兴得大叫的东西。那是一条流动的白色，一定是河流，有另一条瀑布倾泻进去。

他滑下来，向着那边跑去。

但当他跑到近处，才发现刚刚看到的河流不是水，而是成千上万只蚂蚁，他们朝着两个不同的方向奔跑着。

蚁流呈白色，是因为每只蚂蚁都扛着一小片花瓣，从这里看过去，在相反的方向，还有一条黑色的蚁流，那些蚂蚁什么也没拿，但正在往回走，准备取新的花瓣回来。这两条"小溪"在地上流动着，在一棵高大的长满了白花的树上上上下

---

[30] 藤本植物，蔓生植物，把丛林中的树木连起来，从上面挂下来。

下。直到树叶和树枝把他们遮住了。㉛

威廉姆非常失望，如果他不是个男孩子，他就要哭了。

与此同时，他也被激起了兴趣。花瓣比这些和墨水一般黑亮的蚂蚁大得多。到处都有小蚂蚁坐在花瓣上，偷着搭车回家。

他花费了好长一段时间观察蚂蚁，因此当他抬头看时，树木和蕨类植物似乎也在滑动着。

然后，他发现其他蚂蚁在另一棵树的根部建造了一个房间，并且堆了个比玩具屋还要大的锯屑堆。㉜

威廉姆问了他们许多许多问题，但蚂蚁们太忙了，没有注意到他。于是他说："我去忙我的了！我太忙了，没时间继续看着你们了。我在找安娜贝尔！"

他又出发了。

㉛ 这些蚂蚁是阳伞蚂蚁。因为他们背着叶片或花瓣，看起来就像遮阳伞。他们的另一个名字是叶咬蚂蚁，他们能把叶子咬出不同的形状，并把他们带到地下挖好的房间里。其他的蚂蚁在那里等待着，他们的工作是把叶子和花瓣卷成球状，然后把它们种成孢子，长成小蘑菇，喂蚂蚁和他们的孩子吃。
㉜ 这些是木匠，他们给蚂蚁宝宝建造托儿所和蘑菇酒窖。

第二十六章 危险！

夜晚将近。清新的微风悄悄穿过丛林，鸟和动物们开始骚动，青蛙发出的声音听起来像小铃铛，蟋蟀也鸣叫着。然而，没有人有消息告诉威廉姆。

头顶传来锯木一样的声音，让他抬头看了过去。

那里坐着一只巨嘴鸟，身体短粗，除了脖子下面有一圈围兜一样的羽毛是柠檬黄色，全身都是黑色的。他长着一个巨大的香蕉状的喙，大体上是绿色的，只有喙尖是红色的，好像喙沾了果酱。

他看上去很友好，但没有回答威廉姆的问题。

蓝色的蝴蝶从面前飘过，个头儿比威廉姆大。他们合上翅膀，颜色和枯叶一模一样，之后又将翅膀展开。

还有金刚鹦鹉和鹦鹉，红色的、绿色的、黄色的，还有蓝色的，他们吹着口哨，尖叫着，但没有回答他。

夜幕降临，伴随着一阵突如其来的可怕的声响，伴随着刺耳的呱呱声，一个无形的大物噗的一声从暗处跳了下来，几乎

落在他身上。㉝

威廉姆飞快逃跑。我希望你不要以为他是个懦夫。我不介意告诉你，如果这事发生在我自己身上，我应该也会逃跑的。

他走了出来，走在皎洁的月光下。在那里，他看到了一样东西，让他立刻感到所有麻烦都结束了。

那是一只螃蟹。

然而，有那么一会儿他并没有动，他也不清楚是为什么。一只螃蟹在离海这么远的地方干什么呢？㉞

这只螃蟹和小螃蟹还有老螃蟹很不一样。他大得多，看起来还很漂亮。月光让空地几乎像白天一样明亮，萤火虫飞到他身上，露出明亮的深紫色外壳。他的腿由紫色变为朱红。两只巨大的前爪是黄色的，看起来很像锯齿剪刀。不知道为什么，他看起来不那么好。

然而，威廉姆遇到的所有螃蟹都很友好，甚至藏着宝宝的老螃蟹也和他成了朋友。这显然会对他有所帮助。

他相当胆怯地挥了挥手，螃蟹欢迎般地挥手致意，威廉姆感到很高兴，他跑向他，气喘吁吁地说：

"哦，螃蟹，很高兴见到你！我走了多长时间呀！我跟着一个灯笼，不止一个。然后我睡醒，发现自己在一棵树的顶端，我被蜘蛛网截住了，又掉进河里，几乎漂到瀑布那儿，跟着见到一只蜗牛，然后迷路了，然后被吓到了，嗯，不是真的被花吓到了，然后又开始兜圈子。我以为我找到了河流，却发

㉝ 这是一只呱呱叫的蜥蜴。

㉞ 这是一只陆地蟹。

现那条河只不过是一群蚂蚁。然后，有什么东西在呱呱叫，掉了下来。现在我不知道我在哪里，还有，请问你能帮我找到安娜贝尔吗？"㉟

螃蟹似乎同情地捏住了钳子，眼睛里流露出惊讶和好奇。当威廉姆说"你能帮我找到安娜贝尔吗？"的时候，他伸出他的钳子。威廉姆抓住钳子，拉着他，他们一起上路。

突然间，这只坏螃蟹甩开了威廉姆的手，张开了残酷的钳子，就像一把剪刀，用它环住威廉姆的腰，将他拖进了一个很深的黑洞中。

㉟ 如果你想知道威廉姆是如何和螃蟹说话的，你必须一字不停地说，就像这样：

"哦螃蟹很高兴见到你我走了多长时间呀我跟着一个灯笼不止一个然后我睡醒发现自己在一棵树的顶端我被蜘蛛网截住了又掉进河里几乎漂到瀑布那儿跟着见到一只蜗牛然后迷路了然后被吓到了嗯不是真的被花吓到了然后又开始兜圈子我以为我找到了河流却发现那条河只不过是一群蚂蚁然后有什么东西在呱呱叫掉了下来现在我不知道我在哪里还有请问你能帮我找到安娜贝尔吗？"

你可以一口气说完这些吗？威廉姆可以。你看，遇见了一个他以为很友好的、能让他放心诉苦的伙伴，他是多么欣慰呀。

第二十七章 从珊瑚小屋出发

我必须经常停下来看看我们讲到了哪里。

威廉姆掉进了陆地蟹的洞里，陆地蟹坐在上面，把他当作囚犯看管着。

直到现在，我们还没有找到安娜贝尔。

我们最后一次看到黛娜时，她待在一棵树上，树叶里有什么东西向她走去。

我们还没找到芬尼，但柴奇和布丁分别留在了客厅的椅子上和厨房的餐具柜上。

宝宝在他的婴儿床里。

玩偶夫妇睡在珊瑚小屋里。

威廉姆跑去找安娜贝尔的第二天早上，玩偶夫人去叫醒他，发现他的海藻床是空的。

"哦，亲爱的！"她呼唤玩偶先生，"上楼！又有麻烦了！"

玩偶先生急忙向她跑去。

"威廉姆失踪了！"

"也许他正在晨泳。"

于是，他们跑到海滩上到处寻找，但没有发现威廉姆的影子。我告诉过你，晚上有海浪来过，把留言给冲掉了。

小螃蟹坐在浴缸附近，看起来想要爬进去，却没有足够的勇气。

"你看见威廉姆了吗？"玩偶夫妇问。接着，玩偶先生想起要保持礼貌，就又加了一句：

"早上好！真是口爱的一天！"

"不是口爱！是——可——爱！"玩偶夫人喃喃地说，但她并不真的在乎，她很担心威廉姆。

但小螃蟹只是将他的钳子收拢在身旁，很显然，他没有看到威廉姆。

"我相信我勇敢的儿子是独自去找他的妹妹了。"玩偶夫人说。

"我相信你是对的，我亲爱的！这正是我勇敢的儿子会做出的事。"

"但我们必须找到他，"玩偶夫人说，"我们必须找到孩子们。你认为我儿子是从陆地出发的，还是乘船出海？"

"我想我儿子走的是陆路，"玩偶先生说，"因为独木舟停靠在沙滩上。为什么？诗歌为证！"

"独木舟停靠在沙滩上，威廉姆一定是从陆路出发的！"

"那么让我们进入丛林吧。"玩偶夫人说。

这时，老螃蟹慢慢地走过来，假装他是晨练归来。他肯定知道现在来拜访还太早，但我想他很希望玩偶夫妇能看见他，然后请他进来。

玩偶夫人把宝宝抱了出来，把他放在太阳下。

"两位先生能不能在我们离开的时候帮我们照看宝宝呢？"她问。

"你们会帮我们照看宝宝吗？"玩偶先生问。

"任何人想要靠近宝宝，你们就钳他一下。"玩偶夫人补充说。

螃蟹礼貌地冒泡，然后坐下来看着宝宝。

玩偶先生想对他们说一些感谢的话，但是玩偶夫人说他们没有时间浪费。

"你去给看门人送早餐，还有足够的午餐，"玩偶夫人说，"我要去准备一些空气三明治，带着路上吃。"

于是，玩偶先生把一大堆海草放进玩偶屋餐厅的水里，准备了足够的早、午和晚餐，能让看门人吃几天。

"真是口爱的一天！"他说。他靠在餐厅的墙壁上，几乎要跌进去。

"你想吃鸡肉三明治还是火腿三明治？"玩偶夫人问。

"鸡肉加火腿。"玩偶先生说，然后快速跑去厨房看看是否还有黄油剩下。他最喜欢黄油了。

"我想我不会带枪，亲爱的。"他说，身子靠着餐具柜，嘴里塞满了食物。

"你没有枪。"

"我知道，所以我不会带的。我是不是该带上颜料盒和垫子？"

"不，"玩偶夫人说，"而且我们不应该再耽误时间了。"

于是，他们戴上太阳帽，因为这会让他们觉得自己更像是真正的探险家，然后穿过海滩。

"哈！"玩偶先生说，"嘘！"

"什么，亲爱的？"

"一个脚印！"

当然，海浪抹去了威廉姆写下的信息，就像你用橡皮擦掉铅笔记号一样，但是不能把他的所有脚印都冲掉。

"只有一个？"

"这一个就是开始，然后还有下一个、下下一个和下下下一个！"看，脚印领着他们直接走到一棵倾斜在海滩上的棕榈树的树根下，树根组成了一道梯子。威廉姆不是进了丛林，就是上到了这棵棕榈树的顶端。

"快点爬到那些绿色的鸡毛掸子上——"

"是棕榈树叶，亲爱的！"

"在我们进入丛林之前，看看威廉姆是否在那里。"

于是，玩偶先生爬上了棕榈树。这是一个长时间的、艰苦的攀登过程，但银灰色的树干有凹槽围绕着，能卡住他的手和他的瓷靴子。

他消失在嘎嘎作响的树叶中间。然后，他的脑袋出来了。

"从这里看风景很美！爬上来真值！"

"威廉姆在吗？"

"我听不到你的声音！树叶的沙沙声太响了。你想要一个真正的好椰子吗？这儿有一个很不错。"

"威廉姆在吗？"

"我听不见你说的话！我马上就下来了！"

他确实很快就下来了。他的脚在树干上滑动，倚着后背，嗖嗖滑了下来，撞上一个个凸起，就好像树干被涂了黄油一样。他不得不回到海滩，因为玩偶夫人正在等着接他的太阳帽。

"哦，我忘了告诉你，威廉姆不在这儿。"

于是他们爬上根梯，进入了丛林。

第二十八章 探险家们

"起来没事啦！"玩偶先生喊着，从后面推着玩偶夫人。

"现在往哪儿走？再没有可跟随的脚印了。"

"这儿有一棵破掉的蕨草。应该是个线索，亲爱的。"

"这儿有一个咬了一口的红色浆果。这也是个线索吗？"

玩偶先生看了一眼。那不是草莓，不是覆盆子，不是醋栗，不是任何一个他叫得出名字的浆果。所以他猜这一定是个线索。

但是线索到此为止。

"现在我们该跟着什么？"玩偶夫人问道。

"我们一定要跟着我们的鼻子走。"

"但我的鼻子指着好多不同的方向。"

"那我们就必须跟着我的鼻子走。"

所以，他们跟着玩偶先生的鼻子走了长长的一段路，时不时地停下来听动静，或者捡起他的太阳帽，它总是会被一些悬垂的蕨类植物的枝条或花朵碰掉。玩偶夫人已经用一捆扭曲的蜘蛛网纱把她的帽子系上了。

现在，你愿意做一些事情吗？设想你自己越来越小，小到你和你母亲的手一样长。然后你就能够猜到在玩偶先生和玩偶夫人眼里世界是什么样了。

下次你在森林里，或者花园里，请把头靠近地面，看看交杂在一起的草，蕨和花是如何变成茂密的森林的。

当玩偶夫妇走在蕨类森林里时，他们完全看不到树木。

当他们走出来，走到空地上，看到了其他蕨类植物，小小的，有许多不同的形状，就像雪晶一样，有的像圆圈，有的像星星，有的像轮子；还有小径和玫瑰花丛，这些下垂的玫瑰叶子，从绿色到渐白再到渐黑，颜色不一。他们沿着树根行进，远离树干，就像在海中破浪，只穿过叶子，而不是枝条。

有时候，玩偶夫妇试着爬过树根一样的东西，然后发现树根变成大蛇爬走了。一次他们靠着一块儿石头休息，石头却突然冒出了一个脑袋，还有四只皮革一样的脚，原来是只乌龟。

"我不喜欢这些木头！"玩偶夫人说，"它们四处走动！"

"要不我们停下来吃午饭吧，"玩偶先生建议说，"然后我们就会感觉好多了。"

"午饭！"玩偶夫人说，"亲爱的！你在想什么呢？！"

"午饭！"玩偶先生说，"我在想午饭啊！火腿鸡肉三明治！

"还不到午饭时间。现在还是清晨。"

所以他们挣扎着继续前进。路越来越难走。有时候他们不得不身体向后倾，只用脚趾和指尖抓地，才能绕过一个深潭上的一块儿石头。有时候他们会踩进松软的腐叶土里，尽管那看起来很像坚实的土地。

"这座岛不喜欢我们！"玩偶夫人气喘吁吁地说，"它让我们绊倒，脚下会突然冒出东西，它让我们滑入水塘，而且用大石头堵住我们的路！"

有一次，他们陷入了蝴蝶群中。无数的蝴蝶围绕着他们飞舞，让他们感觉自己迷失在了一场暴风雪中。只是我从没听说过黄色的暴风雪。你听说过吗？他们什么也看不到，除了拍打的、飞舞的、伸展开的和合拢的翅膀。

"低下头往前走啊！"玩偶先生喊道。

当他们从蝴蝶群里走出来，身上沾满了蝴蝶翅膀上的金粉。

有时，当你把头接近地面、保持不动时，能听到那微弱的穿行在树根之间的窸窣声，咔嚓声和叹息声。

玩偶夫妇能够听到所有你能听到的声音，甚至比你听到得更多。一只昆虫爬过蕨茎；一群小小的种子从爆裂的豆荚里蹦出来，散落到地面；还有飞蛾拍打翅膀的声音。玩偶夫人说她能听到

菌菇破土而出，声音温柔而平稳。也许她能听到，因为如此微小的耳朵可以听到我们从没听到过的东西。我们把头的位置放得太高了。

但是你能比成人听得多、看得多、闻得多，因为你和许多可爱的、小小的，紧贴地面的景象、声音和气味儿离得更近。

第二十九章 老虎，老虎！

丛林中的光是暗绿色的，但有时候阳光穿过树叶间的缝隙，照射在树干上，留下黄色的光斑和黑色的阴影。玩偶夫妇来到四棵高高的树前，它们因阳光的照射而呈现出一条黄斑一条黑影。两棵树靠在一起，然后，在相当远的一段距离外，还有两棵。

"漂亮的树林，亲爱的！"玩偶夫人对玩偶先生说，他已经走到了前两棵树之间，"它遮出了如此清爽的一块儿阴凉！正是吃午饭的地方！"

但是，玩偶先生向后跳了一下，正踩在玩偶夫人的瓷脚趾上，因为他碰到了一片叶子。噗！一个大黑金色的虫正用它的一对黑眼睛盯着他，像两个黑莓一样，那双眼睛不仅

能看前面，还能看上面、下面、旁边，还有后面。

"呼！"玩偶先生边说边用他的太阳帽扇着，"我以为那是只老虎！"

"一只老虎！"玩偶夫人喊道，"真的，亲爱的，我在玩具店里挪亚方舟附近生活了那么久，如果我看到一只老虎还不认识它，我会为自己感到羞耻的！"

她靠在四棵树中的其中一棵上，观察玩偶先生是否踩坏了她的瓷脚趾。

树走开了！

四棵树都走开了！

接着，一阵轰鸣声回荡在丛林中。

玩偶夫人摔倒在地，一部分原因是她依靠的东西走开了，另一部分原因是她被吓到了。

玩偶先生也感到害怕，但还是匆忙地捡起一个小的、蜡状的、深黄色的伞菌，内衬有淡黄色的褶皱，并且把它交给了玩偶夫人。他认为巨大的雷声过后会下雨。

太阳依旧照耀着。

玩偶夫人战战兢兢地站起来，小声问道：

"那是什么？"

玩偶先生一直在透过树叶偷窥，他小声地回复道：

"那是只老虎！"

第三十章　前进

在那之后他们更加小心地前行了，玩偶夫人抓着玩偶先生的胳膊，跳着往前走，总认为自己听到了老虎的声音。

玩偶先生说："呸！呸！亲爱的，你认为我能让老虎伤害到你吗？"

但是他一直向身后看，还捡了一根小指头长的枝条，用来和老虎搏斗，如果它跟在他们后面的话。

他们来到树下，这里长满了蕨类和兰花伸出的枝条，它们触摸着玩偶夫妇，用五指形状的叶子划过他们，像是凉爽的、温柔的手。

玩偶夫人喜欢这些叶子，但她不喜欢那些兰花。

"它们在伸舌头对我们做鬼脸，"她抱怨道，"说说它们！亲爱的！"

有些树被藤蔓覆盖，这些藤蔓将树缠绕得那么紧，以至于它们都不能呼吸了，然后慢慢死掉，变成了带着花边的空心木头。所有装饰在外面的漂亮的绿色叶子都不是它们自己的。

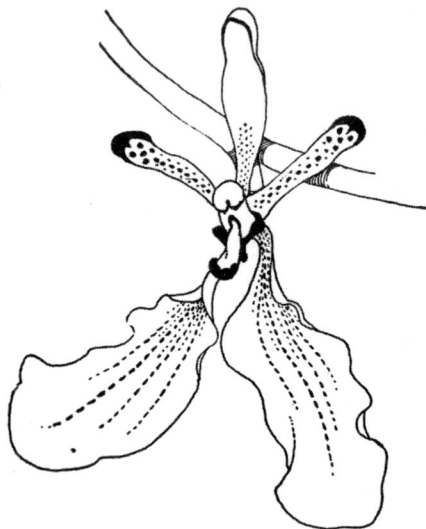

玩偶夫妇走进一个空心木洞里休息，通过空心树抬头向上看，看到了头顶的蓝天。

"就像一个烟囱！"玩偶先生说道。

"有趣的烟囱，里面还有一个洞！"玩偶夫人不以为然地说道。因为她习惯了玩偶之家的烟囱，只是一片坚固的木片粘在屋顶上。

这里有一股发霉的、湿土还有腐烂木头味道的潮气；曾经还有一股甜蜜的味道，一只翠绿色的小蜂鸟，绿得就像太阳照射的叶子，他抖动着翅膀，好像被一朵白色喇叭花的味道吸引了，突然钻了进去，然后又快速飞走，只留下花儿在风中摇曳。

这个丛林如此平静，好像它屏住了呼吸。只能听到许多小溪流水的声音，每条小溪有你的手那么宽，浅得就像一片玻璃。它们留下小石头，形成微小的瀑布。当他们趟过这些小溪时，脚上的瓷靴子碰在卵石上，发出叮叮当当的声音。

他们艰苦前行，爬上爬下，踩到茶碗深的隐藏的水塘。玩偶先生又累又灰心，他开始唱歌来鼓励自己：

"我们是玩偶夫妇，

你看我们正步行穿过蕨类！

玩偶先生，玩偶夫人，玩偶的家，

还有一把漂亮的伞菌太阳伞，

穿着树叶，蜘蛛网绑的绳——"

"蜘蛛网绳，确实！蜘蛛网面纱！"玩偶夫人说。

"它现在看起来更像一根线，亲爱的，"玩偶先生说，"而且，我不得不说'线'和下一行很押韵。"

"你能找到很多能和面纱押韵的词。你可以说我们还没看到孤单的鲸鱼，或者说看到一只老虎吓得你脸色惨白。"

"不好意思，亲爱的，但我更喜欢我自己的诗。"

"穿着树叶，蜘蛛网绑的绳，

沾满了蝴蝶翅膀上的粉末，

走一步，看一步，

为了安娜贝尔，威廉姆和厨师黛娜。

森林大，我们小，

但是玩偶先生一点儿都不害怕——"

"老虎！"玩偶夫人说。

"哪里？"玩偶先生喊道，并跳了起来。

"你被老虎吓到了。"

"啊，没有被吓到，只是小心行事。但是，为了取悦你，亲爱的，我会改了那一行。"

"森林大，我们不大，

但我们会一直搜寻，直到我们找到黄色的假发，

我们会一直搜寻，直到我们找到安娜贝尔，

还有威廉姆和厨师黛娜。

如果我们没有尽快找到他们，

我们将不得不借着皎洁的月光寻找。

但是玩偶先生（也就是我），

是一个非常棒的猎人，公认的。

玩偶先生不害怕蜜蜂，

或者跳蚤，

他不害怕！

他仅仅会把它们放到膝盖上，

给它们一掌，再放它们自由。

玩偶先生出海，

乘坐一条独木舟，

他做了什么？

当他和一头鲸鱼搏斗的时候，

他没有脸色吓白！"

"我告诉过你了，有很多能和'面纱'押韵的词。"玩偶夫人说。

玩偶先生礼貌性地鞠了一躬，然后继续道：

"他告诉鲸鱼走吧，鲸鱼摇摇尾巴，

打了一个绿色的大波浪，游走了，

因为玩偶先生是非常勇敢的——"

"老虎！"玩偶夫人说。

"玩偶先生还是很勇敢，

跋山涉水，

玩偶家族里最漂亮的玩偶，

穿着绿叶银披肩，

还有一个用白色花儿做的太阳帽，

（晚上你可以把它摘下来，亲爱的。）

虽然她折断了一截树条，

而且她还少了假发，

她仍然是一幅很漂亮，很漂亮，很漂亮的风景！"

"多么美妙的一首歌啊，亲爱的！"玩偶夫人说。

和玩偶先生一样，她受到了惊吓，感到疲惫和泄气。但在她内心深处的某个东西告诉她，孩子们都活着，而且没有受伤。当她离开珊瑚屋时，穿走了那件七片新叶子做成的连衣裙，这也让她不再哭泣。

每次她增加一片新叶子她会感觉更好。

她有一片像绿色天鹅绒内衬灰色皮毛的叶子。

一片暗深红色带有浅桃红色纹理的叶子。

一片（她非常喜欢这个，甚至在池塘边停下来欣赏它反射的光）深绿色带有漂亮的点。另一片叶子形状被印在这片叶子上，一样的叶子，只是小了点儿，是深紫色的。还有一片淡紫色的小叶子的形状也被印在了上面。

一片黄色的，带着深红色的边。她把这片叶子叫作"我的金色礼服"。

一片灰色的叶子，她称作"我的银色礼服"。

一片绿色的叶子，在太阳下闪耀，就像它被擦上了钻石粉。

还有一片猩红色的，布满浅黄色的网格脉络，像花边一样，还有一根长线作为裙裾。这是她的最爱。

这是七片吗？绿色，红色，绿色，黄色，灰色，绿色，猩红色。

一个用于右手的每个手指，另一个用于左手的拇指和其他手指。

但是玩偶先生不愿意换他的叶子。他说真正的探险家不会一天换七次衣服的。而且，在小树枝扯掉了他的大部分穿着后，他觉得自己更酷了。

唯一困扰他的事情是他的太阳帽。

刚刚，他第二十一次捡起太阳帽，这时，玩偶夫人突然发出了一个不大不小的声音，抓住他的胳膊，坚定地说：

"站住别动！"

第三十一章 猴子

玩偶先生想要解释他现在就是站着没动，但是在他开口前，玩偶夫人继续说，

"看哪！看！"

"往哪看，亲爱的？看什么？"

"那儿！一只猴子！我很确定他穿的是黛娜的裙子！"

一只小小的灰棕色猴子蜷坐在树杈上，长长的尾巴垂着。他浅粉色的脸带有哀容，额头皱皱巴巴的，深色的眉毛好像吃惊一样扬起，明亮的茶色眼睛看起来有些忧郁，小小的耳朵就像非常浅的粉红色的蜡。

他用一只浅粉色的手松松地抱住上方的树枝，那只手的手指头很长，同时用另一只手在他的毛发里找着什么。他把黛娜连衣裙的袖子绑在脖子里，裙子披在背上就像一件披风，粉色、黑色和黄色。

然后他搔到了什么，十分吃惊，在吃了那个东西以后，晃到了下一棵树上。

"我们必须跟着他，"玩偶夫人轻声说，完全忘记了跟着玩偶先生鼻子走的事，"他也许能带着我们去找黛娜，黛娜或许知道威廉姆和安娜贝尔在哪儿。"

于是玩偶夫妇蹑手蹑脚地跟在猴子身后，他们的小脚踩着鸟爪一样轻盈的步伐。

猴子没有看到他们，所以他不慌不忙。

玩偶先生走在前面，时不时地转过身来将手指放在嘴唇上。这让玩偶夫人颇为恼怒，因为她和玩偶先生一样安静。但是，因为怕发出声音惊到猴子，所以她没法告诉他。

哦，跟着那只猴子简直太累人了！他不是在树与树之间快速地荡来荡去，让玩偶夫妇为了赶上他不得不跑起来，就是停留很长时间来吃水果，挠痒痒，或用尾巴荡秋千玩。

玩偶先生捡起两片大树叶，每当猴子停下来四处察看，他们就拿着叶子静止不动，假装自己是一棵植物。

但是猴子还是发现他们了。他从一根树枝上荡下来，口中喋喋不休，抢走了玩偶先生的硬壳太阳帽，跳向下一棵树，然后消失在树叶深处。

第三十二章 猩红色的尾巴

"你为什么让他跑了？"玩偶夫人抽泣着说，"现在我们再也找不到黛娜和孩子们了！"

玩偶先生很难过。他失去了两个孩子、他的硬壳太阳帽，跟丢了猴子，现在他的夫人也哭了。

"没关系！"玩偶夫人又说，"我们总会找到他们的。我们将询问每一个遇见的人，即使他是老虎！没有人能帮着留心一只穿着格子花呢连衣裙、戴硬壳太阳帽的猴子！"

从他们头顶的树上传来一声尖叫，听起并不惊恐。尖叫声很和气，好像在询问。

他们抬起头，看到一只猩红色的金刚鹦鹉正歪着头，用她友好的、又圆又亮的眼睛盯着他们。

"问问那只红鹦鹉有没有见到猴子。"玩偶夫人轻声说道。

"她不是鹦鹉，亲爱的，她是一只金刚鹦鹉。你忘记玩具店的字母表书了吗？"

"M 代表金刚鹦鹉，她的羽毛如此明亮。

她的喙很尖锐，所以你最好有礼貌！"

"不，书上不是这样写的。反正，我知道她是金刚鹦鹉。"

"好吧，问问金刚鹦鹉夫人。"

玩偶先生忘了他的太阳帽已经不在了，还想着摘下它。但是他做不到，因为猴子已经抢走了帽子。他只好鞠了一躬，说：

"早上好，夫人。"

"现在是下午，亲爱的。"玩偶夫人提醒说。

"下午好，夫人。多么口爱的下午。"

"是可爱。"玩偶夫人在心里小声说，但玩偶先生看起来还是没有信心，她不想让他感觉更加糟糕。

金刚鹦鹉礼貌地尖叫。

"玩偶夫人和我——"

玩偶夫人这时鞠了一躬，直截了当地说道：

"你好，金刚鹦鹉夫人。真是个可爱的下午，不是吗？"

金刚鹦鹉礼貌地尖叫。

"玩偶夫人和我正在尽力寻找我们的儿子威廉姆、女儿安娜贝尔和厨师黛娜——"

"我们认为他们在丛林里迷路了，"玩偶夫人插嘴道，"我们曾见到一只猴子穿着黛娜的连衣裙，所以我们就跟着他，然后——你来给这位夫人解释吧，亲爱的！"

"他偷走了我的硬壳太阳帽，"玩偶先生说，"然后——"

"他就从视线中消失了！"玩偶夫人又插嘴道，"我们完全不知道该怎样找到他，甚至都不知道自己现在身在何方。你看到他往哪边跑了吗？如果你能给我们指路，我们将不胜感激。或者你知道我们的孩子们在哪儿吗？亲爱的，告诉金刚鹦鹉夫人孩子们长什么样！"

"威廉姆是男孩，安娜贝尔是女孩，黛娜是一位厨师。猴子有点小，他穿着格子呢的连衣裙——"

玩偶夫人一直张着嘴，以便在玩偶先生停下的瞬间接话。但是此刻她感到自己必须马上发言，否则就要爆发了。

"黛娜！那只猴子！"她说，"听我说！这位夫人想要听的是我们的孩子们，亲爱的！他们是非常出色的孩子，金刚鹦鹉夫人。不只因为我是他们的母亲才说这样的话，大家都是这样认为的。我儿子威廉姆是一个英俊的玩偶男孩，他有着棕色的瓷制头发和粉嘟嘟的面颊，并且全身都用关节连接。我亲爱的小女儿安娜贝尔也是用关节连接的，两个孩子都可以把他们的头转一整圈。你可能认为这是一个母亲的偏爱，但是事实上我女儿安娜贝尔真的是个优秀又漂亮的孩子。大家都说她长得跟我一模一样。她有粉色的面颊、棕色的眼睛和真的头发，而且她的所有内衣都饰有最好最硬的蕾丝边。我的两个孩子都是那么的聪明和乖巧！一点也不像大多数孩子。所以要是你能帮我们找到他们，或者起码告诉我们猴子往哪边走了，因为我们实在是太担心他们了；尽管你的丛林很可爱，但我们真的该动身回家了，因为我们把宝宝留在家里—— 真希望你能见见宝宝，金刚鹦鹉夫人，我知道你一定会喜欢他的—— 只有两只螃蟹照顾他，讨人喜欢的螃蟹们是这个家庭的好朋友，但是你知道绅士们和婴儿在一起时是帮不上忙的，而且家里除了看门人就没别人了，要不然我就不会这么担心了——"

金刚鹦鹉礼貌地尖叫，飞走了。

"嘿！"玩偶夫人说，"她本可以让我再说一个字——"

"我觉得她是在给我们领路，亲爱的。"

"但是已经看不到她了！"

"嗯，但是她掉了一根羽毛。这被称为线索。"

地上有一根猩红色的羽毛。他们急忙朝它跑过去。

"我们得走它指的这条路。"玩偶先生说。

玩偶夫人开始沿着那条路走，但是被身后一声印第安人的吼叫声吓得跳了起来。

"哇喔！哇喔！哇喔！哇喔！哇喔！哇喔！哇喔！"㊱

转过身，她发现是玩偶先生用藤卷须把羽毛绑在头上，假装自己是个印第安勇士。他一边上蹿下跳一边叫喊，一会儿又躺下把耳朵贴在地上，聆听敌人的脚步声。

"我是狩猎猴子的大酋长，"他解释道，"你可以成为我寻找厨师的妻子。"

但是玩偶夫人不想玩扮演游戏，玩偶先生只好自己演所有的印第安人。

"哦，这儿有另一根金刚鹦鹉夫人的羽毛！"玩偶夫人喊道。

"哇喔！哇喔！哇喔！哇喔！哇喔！哇喔！哇喔！"玩偶

㊱ 差不多就是这个声音，但不完全是。想听这样的声音，你得一边喊一边用手在嘴前来回轻拍。

先生喊叫着，"我只说印第安语！"

"没关系！"玩偶夫人说，"这不是羽毛，毕竟，这只是棵伞菌。"

"但是，任何猩红色的东西都是线索，"玩偶先生说，"这是一条准则。"

"我之前从未听说过这样的事。"玩偶夫人不以为然地说。

"也许不是吧。这是我刚刚制定的，"玩偶先生坚定地说，"这是一条非常有用的准则，因为它很新鲜。你知道新鲜的面包卷是最好的面包卷，是不是？"

"是的，亲爱的。"

"那么，新鲜的规则就是最好的规则。这场搜寻的口号就是：跟着猩红色的线索！"

然后玩偶先生唱着歌继续向前走：

"进入树林越过树林在树林下穿过树林，尽管猴子也许会偷东西，我们还是会悄悄地漫步去寻找猩红色的线索！"

有时，当他在前面走着，玩偶夫人看到一抹猩红色，然后跑过去，觉得自己找到了另一个线索。

然而，这猩红色经常是玩偶先生和他的羽毛。多么令人失望啊！

他们经常发现猩红色的小兰花，攀着灰色树干而上。但是他们决定不把这些兰花算在线索里，因为它们不是指向天空，就是结束在树枝的尖端。

"没有更多的线索了。我们只能再次跟随自己的鼻子了。"玩偶先生说着，叹了口气，因为他实在太累了。

玩偶夫人也叹了口气。她还差一点就累得不能说话了。

"亲爱的，你觉得我们的看门人会让陌生人进入玩偶小屋吗？当然会有很多人对海滩上堂皇的新建筑感到好奇。"

"进到里面去是很困难的。"

"对于飞鱼和海鸥来说不难啊。天哪！昨天晚上，海滩上有一只看起来非常可疑的海鸥。我做晚饭的时候他一直盯着厨房看。我开始很和气地跟他说话，说我们没有东西给他，也不想买海草、虾或者其他任何东西，但他就是不肯走。于是我就开始赶他，但他只肯飞走一点点，一旦我回到厨房就立刻飞回来。你觉得他是不是那只偷走黛娜的海鸥，现在又回来偷宝宝了？"

"我不这样认为。螃蟹们会照看宝宝的。"

"你觉得他们会知道晚上给他喂奶吗？"

玩偶先生希望他们知道。

"螃蟹晚上给他们的孩子们吃什么？"

"我觉得是死鱼吧。但你不用担心。"

"不用担心？"玩偶夫人想着，尽管担心泪水可能会溶掉她蜡做的眼皮，她还是开始无声地哭泣。因为想到在玩偶先生的照顾下，自己还是感到如此的孤独和不知所措，那安娜贝尔和威廉姆呢？她可怜的走失的孩子们！还有宝宝，除了成瓶的新鲜空气他没有得到过任何东西，也许晚饭吃的还是海蜇！

丛林里发生了一些事情。远远地在树梢上，他们听到一声好像平缓的海浪冲刷的声音。那些整天沉重又寂静地悬挂着的叶子开始摇动，彼此窃窃私语。

沿着玩偶们走过的路径，有着锥形顶部和柔滑茎干的白色伞菌高高耸起。这些霉菌太大了，玩偶们可以抬头看到有着深深褶皱的小伞。其余的默默在土里生长，有一些已经露出了白色，一些还藏在地里，但是已经开始顶土，让玩偶们脚下的地面鼓了起来。

日光越来越昏暗，但是玩偶们仍能看到身边的颜色——伞菌的菌褶是极浅的粉色，飞舞着的大蛾子是极浅的绿色，浅到几乎成为白色。

露珠在蛛网上柔和地闪烁着，把它们装饰成了水晶轮子。

玩偶夫人靠在一个伞菌上，再次感到了平静。

他们一家总会团聚的。即使要花费几年的时间，她也会寻找孩子们。

那晚她和玩偶先生在两盏花杯里睡觉，玩偶先生觉得这很有趣，玩偶夫人并不这样认为。

第二天一整天他们都在丛林里穿行，他们找到了两个猩红色的线索——另一片金刚鹦鹉夫人的羽毛和一个满是浆果的灌木丛。那些浆果像玻璃一样透明，可以看到里面暗色的种子。

这天晚上他们在蛛网吊床上睡觉，并且被缠住了。玩偶先生觉得这很有趣，玩偶夫人并不这样认为。

第三天他们继续寻找了一整天，又找到了两个线索。一个是有猩红色喇叭花的藤蔓，它在树与树之间环绕，还有一只猩红色的甲虫，甲虫十分友好领他们走了好长一段路。

等到天色暗到看不清甲虫，玩偶夫人听到玩偶先生兴奋地叫了起来：

"亲爱的！快过来！快点！能跑多快跑多快！看我找到了什么！"

第三十三章 可怕的花

现在，如果你愿意，让我们回到待在陆地蟹洞穴的威廉姆身边，不过陆地蟹就坐在洞穴口的上面。

威廉姆吓了一跳。

但他不打算让陆地蟹知道。

首先，他唱了一首《苏格兰的风铃草》，和玩偶先生一样，这是他在玩具店里跟着音乐盒学会的。

陆地蟹把一些土踢到威廉姆的身上。

这是令人沮丧的，但这并不能阻止威廉姆，现在，他开始背诵：

"文雅就是善良地做事，

和善地说话……"

他背乘法表背到了 2 乘以 5，还背了字母表。

陆地蟹又踢下来更多的土。

威廉姆摇摇头，开始自言自语，声音很大，所以陆地蟹应该能听到：

"我爸爸是世界上最勇敢的玩偶。世界上的每个人都怕我的爸爸。他就要来接我了，他什么都不怕！世界上的所有螃蟹都听我爸爸的指挥。如果他想出巡，你知道他会怎么做吗？他会骑着螃蟹。他的脚分别踩在两只螃蟹上，让他们像闪电一样飞往爸爸告诉他们的任何地方，而爸爸永远不会掉下来。我的爸爸能让狮子、老虎、鳄鱼、蟒蛇、鲸鱼、睡鼠和螃蟹耍把戏，坐起来乞讨，并在鼻子上放方糖，然后翻滚。我爸爸——"

陆地蟹在威廉姆上方铲了很多土。

威廉姆打算整晚都保持清醒，不停歇地说话，只是为了表示他并不害怕。他想吓唬陆地蟹。

但他睡着了，梦见蜗牛戴着玩偶夫人的假发，穿着她的晚礼服，来到了洞穴里面，后面还紧随着一辆火车。

"妈妈不会喜欢的！"威廉姆说，于是蜗牛摘下假发，竟然是布丁，像鸟巢里的鸟一样坐在里面，唱着《苏格兰的风铃草》。当布丁唱完歌，蚂蚁给了他一束带有蕨类植物的白花，并且所有友好的螃蟹合唱《苏格兰的风铃草》。绿色的蜥蜴也在唱歌，他的喉咙里有一个黄色的泡泡膨胀得越来越大，直到砰的一声爆炸了，威廉姆醒来，发现阳光照在他身上。

陆地蟹一定已经走了！

威廉姆自己出了洞穴。

陆地蟹就在洞穴旁，残暴地伸着一只蟹钳冲过来。

威廉姆跑了——他跑得好快！陆地蟹紧跟在他后面，很近，蟹钳尖曾一度擦到了威廉姆的背。

这里有一棵倾斜的枯树树干，有一丛蕨类植物可以通过。

威廉姆跑过去。

陆地蟹能过去吗?

那棵树靠在水面上,一棵藤蔓缠绕着它,藤蔓上满是巨大的心形叶子和可怕的花朵。㊲

这些花把威廉姆吓坏了,就像见到了陆地蟹一样害怕。我怎样描述才能让你身临其境呢?

小妖精杯并不会让威廉姆感到害怕。它们像你的指甲一样小,颜色像隐藏的树叶一样绿,它们看起来就像威廉姆在老蟹池里看到的一些奇怪的小海洋生物。

中等大小的妖精杯,颜色从淡绿色渐变成白色,也并没有吓到威廉姆。

但是大的妖精杯,相当于威廉姆爸爸的两个手掌并排在一起,吓得威廉姆浑身发抖。

他看了看离他最近的一个。紫色的主干上悬挂一个淡绿色的膨胀管,上面有紫褐色的脊状凸起。管子逐渐变得狭窄、扭曲,并再次膨胀,抬起,像动物抬头,蔓延成一个巨大的脊状

㊲这些花有一个全称和一个简称。你明白我说的意思吧?就像一个小男孩可以叫"理查德·亚历山大·思罗克莫顿",也可以被称为"迪凯",或者一个小女孩可能叫"路易莎·玛丽·齐林福德",也可以被称为"姐妹"。

它的全称是:马兜铃花。

它的简称——至少,伊丽莎白这样说——妖精杯。

你还记得伊丽莎白吗?她是住在可可种植园的小女孩,她的叔叔亨利为她买了玩偶屋和玩偶之家作为生日礼物。

伊丽莎白说,布朗人认为妖精杯生长在丛林里,生活在那里的妖精是坏人。伊丽莎白不知道她是否相信有妖精。不过她知道那里有妖精杯,因为她曾经看到过。但是她在她的所有玩具中寻找妖精(将近九年),从来没有看到过一眼。

的白色外壳，紫褐色的脊状凸起中还有紫褐色的脉络网，细长的卷须远远地悬吊着。它有一条打开的紫色管径，深而暗，就像一条隧道，看起来像是一旦把他拉进去，就再也不会让他出来了。

他不知道该怎么办。

"如果陆地蟹抓住了我，他会把我关回洞穴，并再也不会放我出来！如果我藏进那朵花里，我会被吃了！[38] 如果我进入水中——"

他低头看了看。

那有一段距离，但他可以跳起来，爬上那根旧圆木，在陆地蟹追上他之前到达岸边。

旧圆木突然张开大嘴，露出两排锋利的牙齿，发出一声响亮的叫声，快速向岸边爬行了一半之后，又把嘴重新集合起来。

那是一只鳄鱼！

---

[38] 或许你认为威廉姆认为花可以吃任何东西是愚蠢的，但妖精杯真的是会吃苍蝇的。这就是妖精杯抓到他们的方式：花朵像装满液体的瓶子，散发出苍蝇喜欢的香味，吸引他们来觅食。妖精杯和苍蝇纸一样黏，等他们进来后就再也出不去了。然后，就不是他们把妖精杯吃掉，而是妖精杯把他们吃掉了。

第三十四章 雨

龙形的云彩遮住了太阳，现在又扩散开来，天空从墨水的蓝黑色变为泥浆色。空气里有种让人喘不上气的寂静。

突然，威廉姆身旁的一只妖精杯弯了弯腰，与鳄鱼的搏斗使威廉姆的关节虚弱无力，但他牢记礼仪，并拢了脚跟，把手放在心脏的位置，回了一礼。就像妈妈教他在询问安娜贝尔"能否赏光跳支华尔兹"时那样鞠躬。

但是他没有对妖精杯吐舌头，他有时会对安娜贝尔那样做，以防她太得意。

另一只妖精杯也鞠躬了。一片叶子舞动着。植物们都开始弯腰和摆动。

然后，扑通！一大滴暖和的雨点落在威廉姆头上。是雨水让叶子和花朵弯腰的。

狂风像野猫一样尖叫，隆隆的雷声比丛林虎的咆哮还要震耳。

雨线像水晶做的，使河水翻腾，水汽迷漫，在威廉姆面前

形成一道帘幕。他差点被从树枝上冲下去。相隔一片叶子的厚度，他就看不见也听不到陆地蟹发出的声音。

然后嘶鸣、咆哮的暴雨变成了和谐的雨滴，阳光使湿树叶闪耀着，在陆地蟹的亮紫色、朱砂色和黄色壳子上闪闪发光，一只无情的爪子像闪电一样朝他扑来。

威廉姆听到突如其来的叽喳声。

在他的面前，一只胸脯和喙是火红色的小灰鸟正在用他有火红色线条的灰翅膀拍打着空气。

威廉姆搂住鸟的脖子，把自己甩到他背上，这时陆地蟹刚刚赶到他之前站立的地方。

灰鸟俯冲了一下，差点把吃惊的陆地蟹从树枝上撞下去，然后向上飞过了树顶，冲向天空。现在天上悬着一道美丽的彩虹。

第三十五章 在天上

刚开始，威廉姆懒懒地躺着，他把头靠在那只鸟光滑的脖子上，胳膊也深深地插进他胸前柔软的羽毛中。

心里充斥的安全感，擦身而过的气流，还有手掌下跳动的心脏，这些都使他感到快乐，力气也慢慢恢复了。他向下望去。他们两个飞得如此高，丛林看起来就像是一片片苔藓。零星分散的茂盛的大树，是那么遥远，那么渺小，就像一朵小花。河流像弯曲的银线，湖泊成了一块块小镜子。他们飞得那样高，最终，威廉姆看到了整座小岛，此时的小岛看起来就像被白色泡沫圈起来的花束，在蔚蓝的大海中漂荡。

现在，小岛开始上升，苔藓也变回大树，树木又变成了湿漉漉的大叶子，就像被剪刀剪成了各种各样的形状。还有一簇簇的花，花心里有闪亮的雨滴形成的小水坑。威廉姆发现树顶上有一只猴子，近到能看清他头顶的毛发，还有他茶色眼睛里闪烁的惊讶之情。现在，威廉姆又看到正下方有一个鸟巢，里面有四只幼鸟，正张着橙色的鸟嘴，他可以看到他们的喉咙。

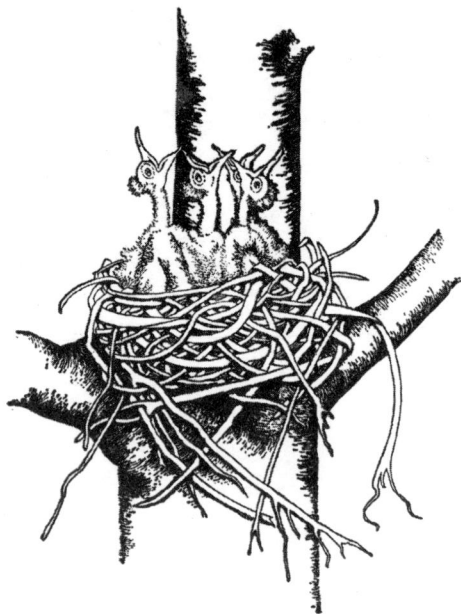

各种声音进入他的耳朵，有飞溅的海浪发出的低沉而轻柔的撞击声，有猴子紧张的啾啾声，还有饥饿的幼鸟不耐烦的鸣叫声。

各种气味也扑面而来，混杂在一起。海水的咸味，海藻的腥味；雨水浸泡的霉菌和苔藓的味道；有的花闻起来就像什么腐烂的东西，而另一种花又特别香，那种香味他正好闻到过。

"这不是漂流的小岛！"威廉姆大声对鸟说道，"这是一座飞翔的小岛！"

但是，这座岛其实待在海上没有动过，是那只鸟在快速地向下飞。现在他们朝一块月牙形的海滩俯冲过去，这块海滩与丛林之间是一道悬崖，海面又把他与其他地方隔开。

鸟落在了一块岩石上，威廉姆从鸟背上滑下来，把头靠在他胸前软软的羽毛上，紧紧抱住了他。

那只鸟亲昵地鸣叫着，跳进雨水坑，水花四溅。他洗了一个澡，然后把嘴埋在胸前的羽毛中，抖了抖身上的羽毛来把水珠甩干，又舒展开其中一只翅膀，翅膀上每一根羽毛都张开了，然后是另一只翅膀，就像我们在提过重物以后伸展胳膊那样。落日的余晖撞击着他的胸膛和翅膀，它们就像是着了火一样。

接着，伴随一声突然迸发的低鸣，他飞走了。

威廉姆站在岩石上，但仍然感觉身体在摇晃，以至于无法照顾他的这位朋友。

升高，升高，自由而快乐，翻转，俯冲，直飞向天空，那只鸟胸前的羽毛就像热烈的火焰。小片羽毛般的云朵在落日中燃烧，染红了海浪间舞动的羽毛，给泡沫状的浪花镀了一层金色。

"再见，我的鸟儿！"威廉姆说着。

但是鸟已经飞走了。

第三十六章 厨师的鞋子

现在我们要去看看安娜贝尔发生了什么事。

当那只装着玩偶之家的盒子在石头上摔坏以后，安娜贝尔也被拽回海里，在海浪中不停翻滚着，最后被冲上一个海滩。和她一起被冲上来的还有一些贝壳和一只旧鞋子，那只鞋子属于"巨浪骄傲号"里的厨师，他上救生船时没来得及穿上它。

她非常害怕，也非常孤单，不过，她是一个勇敢的小玩偶，在威廉姆找到她之前，得努力做好每件事，因为她非常肯定，不管怎么样，他都能找到她。

她没有想到离开海滩的办法。

首先，她看到了大海。

然后是海滩。海滩上长着一些探着身子的椰子树，那些树看起来就像是安娜贝尔，也想找船离开。

接下来看到的还是沙子。

再然后是伸着可怕尖刺的仙人掌，还有一些海蓬子，它们长着茂盛的灰绿色和紫色的叶片。

再接下来是高高的悬崖，曲曲折折将她围了起来，仿佛她是被关在里面的囚犯。因为悬崖太光滑了，所以她爬不上去。

热风没日没夜地从海上刮来，把棕榈树的叶子吹成一条条的，也给仙人掌和海蓬子的叶子蒙上了一层细细的白色沙子，还把尖细的沙粒吹向安娜贝尔。她的头发里全是沙子，沙粒磨着她那蜡做的眼皮，甚至钻进了关节里，使关节变得僵硬。躲开风的唯一办法就是爬进海滩上歪倒的旧鞋子里——那只厨师的旧鞋子。

之前为了逃出海滩，她在仙人掌丛里乱跑，身上的衣服都被尖刺剐坏了，现在除了做成旗子，也没别的用处了。一些碎布还挂在仙人掌的刺上，她又把一条装饰用的彩带挂在鞋子上，希望有船能看到，然后过来救她。

安娜贝尔在鞋子里做了一张海藻床以后，就无所事事起来。

有时候，她会在蒙了灰的海蓬子的叶子上练习写自己的名字，但是当她刚把"玩偶"写好，新的灰尘就又把"安娜贝尔"盖住了。

她用海藻给自己做了一条裙子。

她又用贝壳在海滩上拼出家人的名字，来陪伴自己。

"爸爸"是用浅绿色的贝壳拼的，就像飞蛾的翅膀。

"妈妈"是用浅粉色的贝壳拼的，就像野玫瑰的花瓣。

"威廉姆"是用有斑点的贝壳拼的。

"宝宝"是用圆的红色贝壳拼的，就像小小的覆盆子。

"黛娜"是用巧克力色的贝壳拼的。

这里太热了，她担心自己蜡做的眼皮会熔化掉。在这个炎热的多风的海滩上，只有一个地方待着最舒服。这里有个潮水潭，里面有小小的鱼，像玻璃一样透明，在黑色的海藻团中游来游去；还有附着在岩石侧面的扇贝和蚌壳，像是在对着小玩偶微笑。有一只虾生活在水潭中，是一种浅粉色的带着长长的弯触须的生物。安娜贝尔很喜欢这只虾，她给她起了一个名字，叫罗茜。

但是，这是一个忧伤的、孤单的小玩偶，就坐在鞋房子的门口，听着海浪声，风带着沙粒吹到棕榈叶子上，沙沙作响。她还看见巨大的乌鸦约翰像黑色的云一样在天空遨翔，或者在悬崖顶的树上栖息。在阳光下，他伸长了丑陋的光秃秃的脖子，先张开一只翅膀，接着又张开另一只。每天夜里，安娜贝尔都会眼泪汪汪地望着星星，直到它们变得摇晃而模糊。

第三十七章 月光下的晚餐

直到威廉姆再也看不见他的鸟了，他才把视线从大海移向海滩。

海滩上有一只旧鞋子，就在他看着那里的时候，一个粉色的东西从里面冒了出来。

"是另外的一只螃蟹。"威廉姆一边想着，一边从石头上跳下来，打算过去看看。

他发现，那不是螃蟹，而是安娜贝尔。

他们彼此拥抱着，上蹦下跳，不敢相信自己的眼睛。

威廉姆一直在叫："安娜贝尔！"

安娜贝尔也不停叫着："威廉姆！"

然后，威廉姆说："我是骑着一只鸟飞到这里的！我们在天空中飞得很高，降落的时候差点撞到一只猴子！"

安娜贝尔说："我有一只最可爱的宠物虾！她有着长长的须子，还是粉色的，她叫罗茜！"

他们用自己最大的声音交谈着。如果你在那里，你会听到

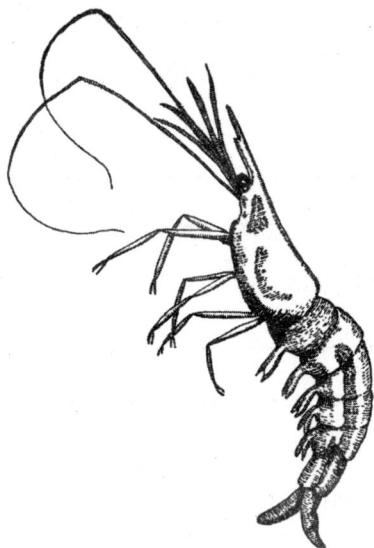

这样的对话：

"我飞到这里……宠物虾飞得很高……须子……我们差点撞到一只……粉色的……猴子……她的名字是罗茜！"

如果玩偶夫人在这里，她一定会捂住耳朵说："小点声，孩子们，小点声！我们不聋！"

于是，他们决定轮流讲自己身上发生的故事。安娜贝尔说："女士优先！"以前，威廉姆经常让着她；每当她停下来喘气时，他就会讲自己的故事。

安娜贝尔说："这个海滩的名字叫作安娜贝尔海滩。"

威廉姆问："你是怎么知道的？"

"我就是知道！"

"好吧，我沿路走过来的那条河，名叫威廉姆河。"

"你是怎么知道的？"

"我就是知道！"

所以名字就这么定了。

"而且没有路可以离开安娜贝尔海滩。"

"我是飞过来的。"威廉姆说。

"让我看看你是怎么飞上去的！"

"哦，好啊。"威廉姆说。

"不过现在你来了，我就不害怕了。我们可以一起露营，我的那只鞋子里有很多房间。"

"没有人会说：'该睡觉了，孩子们！'"

"哦，威廉姆，我很高兴你找到了我！"

他们聊天时，月光已经把大海和海滩照成了银色，光线如此明亮，可以让安娜贝尔给威廉姆介绍这里的一切——她的鞋房子，作为标志的旗帜和在潮水潭里的罗茜。

安娜贝尔说："这是我的兄弟威廉姆，罗茜！我告诉过你他会来的！"罗茜看起来像是在鞠躬，因此威廉姆并起脚，手放在胸口，也鞠了一躬，就像他给妖精杯鞠躬一样。

然后，他们坐下来吃晚餐，吃到了所有他们喜欢的，但是通常不被允许吃的食物。

你看，现在所有要做的事，就是选择在贝壳杯子和盘子里放什么食物。其实只有空气，食物都是想象出来的。以前他们在玩偶之家吃晚餐时，一直是玩偶夫人决定吃什么。除了牛奶、面包，或者苹果酱，就没有其他花样了。

但是这次，威廉姆和安娜贝尔决定，他们要吃：

黄油面包（很烫，有大量的黄油，多到会从下边渗出来，沾到他们的手指和鼻尖上）。

香肠，噼里啪啦地爆开皮。

薄煎饼。

柠檬水。

热姜饼。威廉姆的那份被切成了人和狮子的形状。安娜贝尔的是星星和心的形状。

奶油（不含牛奶！）很稠，它的黄色就像来自一头只吃毛茛的牛。这是安娜贝尔的主意，她认为这样很漂亮。而威廉姆认为这相当愚蠢，但是他也喜欢奶油。

蓝莓果酱。

巧克力冰激凌。

被擦得像镜子一样亮的苹果。安娜贝尔说："哦，你看！我的苹果是绿色的，有人在上面贴了个纸做的字母 A，当苹果成熟后，再洗掉。这样在我这个又红又黄的苹果上就会有一个绿色的 A，是我名字的第一个字母！"

"我的苹果上有威廉姆的第一个字母 W。"

然后，他们抽了巧克力香烟。

安娜贝尔喝了可可，而威廉姆任性地选择了咖啡。安娜贝尔希望喝到咖啡，因为那显得很成熟，但是既然她没有喝到，她就假装喜欢喝可可。

他们聊了很久，都错过了就寝时间。

安娜贝尔认为他们那一晚就应该想办法回家，但是威廉姆认为，在他们去找其他人之前，在这个海滩住上一年或者更久，也会很有趣。他喜欢在晚餐时吃并不存在的冰激凌，喝并不存在的柠檬水，喜欢熬夜到很晚，喜欢不穿衣服哪怕是一片叶子，他要教一教罗茜和小鱼们玩把戏，还想再看到属于他的那只鸟。

"爸爸妈妈会担心我们的，威廉姆。"

"不，他们不会，安娜贝尔。因为我离开的时候，在沙子上写了'不要担心'。"

最后，他们决定第二天早上再想办法离开安娜贝尔海滩。

于是，他们躺进鞋子里。安娜贝尔说："晚安，威廉姆！做个好梦！"

"晚安，安娜贝尔！但是我不打算睡一整夜，我可以不做所有我不想做的事。也许我会在月光下游泳，也许我可以和这些小鱼一起玩耍。"

"我要睡了。晚安，威廉姆。威廉姆，晚安！你睡了吗？"

威廉姆很快就睡着了。

第三十八章 芬尼的海滩

第二天早晨，威廉姆还在沉沉睡着，哪怕安娜贝尔大声地叫"嘿"都没有吵醒他。

于是她跑到海滩上，铲起一大堆贝壳，一股脑扔在他身上。

他终于坐了起来！

"哦，你这个懒虫！"

"我没在睡觉！我在思考！"

"你在思考什么？"

"我正在想怎么才能离开你的海滩，现在我想到办法了。我们必须绕着山崖的尖端游一圈。"

"噢，威廉姆，我做不到！"

"你行的。我们用海藻的气囊做两个救生圈，之后要做的就是一直打水。"

"我们要带上罗茜吗？她会游泳。"

"但是虾不能走过丛林，安娜贝尔。"

"她会很想我的！"

"她一定还有家人，"威廉姆说，"我们会在玩偶之家的海滩，给你找其他虾。"

"其他虾就不是罗茜了。"安娜贝尔悲伤地说。

他们走到罗茜的潭水边去和她告别。小虾子弓着腰，挥舞着触须，安娜贝尔就快哭了。

她说："亲爱的、亲爱的罗茜，改天我会回来看你的。"

然后威廉姆和安娜贝尔带着鞋房子离开了海滩，用彩色贝壳拼成的"妈妈""爸爸""威廉姆""宝宝"和"黛娜"留在了那里，除非浪花已经冲走了它们，不然它们现在还会留在那个蔚蓝的大海中的小岛上。

毕竟，安娜贝尔喜欢游泳。她和威廉姆运气极好，因为威廉姆牢牢地抓住了一条小鱼的尾巴，看起来那条小鱼的妈妈大概在那天早晨让他穿了一身新衣服，上面装饰着青绿色和银色的鳞片。安娜贝尔抓着威廉姆的脚，然后—— 呼呼—— 他们毫不费力地游过了那片清澈的水域。

我想小鱼一定认为是螃蟹抓住了他的尾巴。他用尽各种方法，想要甩开威廉姆。他游上，游下，游了一道波浪线，又向空中跃去。在他后面的威廉姆和安娜贝尔被甩上，甩下，甩成一道波浪线，也跟着上了天空，后面带着长长的一串泡泡。

你和我就不能这样，因为我们需要空气，但是玩偶能在水下和水上一样呼吸。

因为小鱼跳得太高了，以至于威廉姆有机会发现另一个海滩，那里的丛林很容易通过。鱼再次潜到水底，威廉姆放开了鱼尾，费力地说："谢谢！"但是这两个字变成了两个气泡："噗噗。"

他们的气囊救生圈把他们弹出海面。

威廉姆向安娜贝尔看去，只看到了两只黑瓷拖鞋，两只白瓷袜子，一双粉瓷膝盖，朝着天空竖着。她的脚先出来了，威廉姆沉下去，又是推又是拉，费了很大的劲才把她正过来。

浪花懒懒地推着他们漂到海滩，又把他们身子下面的沙子带回去。他们坐在了一堆泡沫上。

"哦，黛娜不会喜欢用这些肥皂沫洗衣服的！"安娜贝尔说。

"现在，去丛林！"威廉姆喊道。

"等一下！"安娜贝尔说，她为了不弄湿假发，在上面绑了一圈海藻，现在正在把它们摘下来。

"快点！"威廉姆一边喊，一边朝着绿色暮光走去。

安娜贝尔一边洗鞋子上的沙子，一边说："等一下。"

威廉姆继续喊道："快点！"没有停下脚步。

"等一下！威廉姆！威廉姆！回来！看我找到了什么！威廉姆！"

"我听不见你说什么！"

"回来！我找到了——我想我找到了——威廉姆！"

威廉姆回来了，不断在抱怨。

安娜贝尔正在挖沙子，非常快，沙子飞溅，就像淋浴一样。

"我看见一只眼睛！只有一只眼睛，向上望着我，而且我认为——快帮我挖！我想这是——是的，是芬尼！"

第三十九章 黑暗中的声音

芬尼弄丢了自己的纸盘子，并且全身都是沙子，那个样子，就像是油炸之前，在面包糠里滚了滚。但话说回来，他毕竟没事，甚至没有丢掉那三片石膏柠檬。找到了他，每个人都很高兴。

现在，哪条路才可以回家啊？

威廉姆不知道。如果他能找到来时走过的那条河，就能沿着河走回去。但是怎么才能找到那条河呀？

"芬尼，威廉姆太厉害了！他直接穿过丛林，找到了我，什么都不怕，就连那些体形巨大的坏螃蟹和鳄鱼也不怕。你说呢？"因为她坚信自己能理解芬尼和洛比、柴奇、布丁他们。她总是能回答他们提出的问题。但是威廉姆认为那些问题太简单了，因为他们问的都是一些关于他们自己的问题。

"黛娜去哪儿了？黛娜坐着海鸥飞走了，但是威廉姆会去找她的，再把她带回来。现在他马上要带我们回家找爸爸妈妈、宝宝、布丁、洛比、柴奇他们了。"

威廉姆没有时间去害怕，因为安娜贝尔和芬尼都指望着他呢。

他出发了，就好似知道要往哪里走似的，安娜贝尔在后面跟着小跑。他们轮流带着芬尼，给他讲那条蓝色带着银色鳞片的鱼，讲对方是怎样带着他们游了一段很刺激的路程的。

这个海滩不像安娜贝尔海滩那样令人愉悦。

他们先看到了锯齿状的珊瑚礁。

然后是一个光秃秃的红色的坑，它被太阳晒得很烫，他们在里面艰难跋涉时，灰尘像云一样升起来，沾在他们被海水弄湿还没晒干的身体上。

再接下来是一大片仙人掌，那里的仙人掌比成年人还高。

他们还要一直对抗聚集成群的嗡嗡叫的昆虫。

换作是你我，肯定就被咬坏了，但是对于瓷玩偶来说就好太多了。

最后是灰色的，挂着露水的，凉凉的蕨类植物。

芬尼变得越来越重，安娜贝尔也停下来，在阴凉处休息，她看不见威廉姆了，于是紧跑了几步，却找错了方向。

哦，她很庆幸自己跑错了方向！她喊道："快来看我找到了什么！是小猫！"[39]

三只毛茸茸的小球蜷缩在扁平的蕨类植物做成的窝里。安娜贝尔和威廉姆踮起脚，轻拍他们能够到的地方，这三只幼崽也用爪子的肉球轻轻地拍，回应着。有一只伸着懒腰，打着呵欠，闭着眼睛，眼角带着泪花，舌头打着卷。一只背着地，脚

---

[39] 这些其实是小老虎，是那个被玩偶夫妇错认成小树林的老虎的宝宝。

朝天打着滚。一只跳了一下，似乎在展示待在阴凉处很舒服。

安娜贝尔想把他们都带回玩偶之家。

是什么动物在嚎叫？⑩

"打雷了！"威廉姆哭着说，"快跑，安娜贝尔！那边有个山洞，我们可以待在那里等雨停。"

安娜贝尔不想丢下小猫，尤其是笨拙的、一直想跟上来的那只。但她不想被落在后面，于是快跑跟上了威廉姆。

山洞的入口很小，就好像你拿一个长柄木锤，敲着一扇紧挨着地面的小门。他们必须紧贴地面，蠕动着爬进去，但是山洞里面又高又深，而且很黑。安娜贝尔根本看不到威廉姆在哪儿。

"你在哪儿？"她喊道，然后听到了一个微弱的、遥远的声音回答道："你在哪儿？"

就在这时，威廉姆撞了她一下。他离得这么近，那个声音让她以为离得很远，所以她尖叫起来。

远处又传来一声尖叫。

"有人在山洞里迷路了！"安娜贝尔小声说道。

"我们必须找到他！"威廉姆小声回答道。

他们往里走了点，然后停下来听了听。

在他们周围到处都是微弱的沙沙声、呢喃声，还有水滴声。

---

⑩ 你知道那是什么，不是吗？那是老虎幼崽的妈妈从丛林里回来时发出的嚎叫。那声音对于你我来说，很让人害怕和紧张，但是老虎宝宝认为那是世上最美妙的声音。

"喂！"威廉姆大声喊道。

"喂！"那个声音在喊，就像刚才听到的那么远。

"站在那里，我们去找你！"

"我们去找你！"

于是，威廉姆和安娜贝尔停住不动了，但是除了呢喃声和充满沙沙声的黑暗，又听不见其他声音了。

"我们再往前走一点。"威廉姆说。于是两个玩偶手拉着手走进黑暗。沿路都是湿滑的岩石，水滴也往下落，正好掉在他们的头顶上。

"你在哪儿？"威廉姆又喊道。

但是这次没有人回应。

"他们找到路出去了！没有等咱们！"安娜贝尔哭着说，"噢，威廉姆，我害怕！咱们回去吧！"

接着他们试着找路回去。

他们顺着墙边走，还是很滑很滑，他们跌跌撞撞……

等他们不走了，周围还是漆黑一片，到处是沙沙声、呢喃声、水滴声。

他们迷失在里面了。

*

你肯定已经想到那个声音是什么了，不是吗？

如果还没有，把下面这些词的第一个字母拿出来：

高兴（exciting）

好奇（curious）

隐藏（hidden）

奇怪（odd）

查一查吧，这些字母拼在一起的单词就是威廉姆和安娜贝尔想要的答案。

第四十章 女巫的洞穴

你看，隧道把两个山洞连起来了，两个玩偶还是在黑暗中前行，渐渐走到山洞里面。

"我一定不能让安娜贝尔知道我有多害怕！"威廉姆心想。

"我一定不能让威廉姆知道我有多害怕！"安娜贝尔心想。安娜贝尔说过她害怕，虽然她现在语气欢快，但是带着一点哭音："这很有趣！"

两个小玩偶手拉着手，靠着光滑的墙壁。一旦威廉姆的脚踩空了，可以立马被拉回来。他小心翼翼地四处摸索。他们是在一处岩石的窄檐上，远远低于地面，当他们停下来时，听到了流水声。

他们蹑手蹑脚地走，流水的声音越来越大。

接着，他们看到了一束微弱的光。靠着边，他们从恐怖和黑暗中走出来了，进入到一个大而昏暗的山洞里，里面有河水流出来。

他们看见奇怪的苍白的野兽正一动不动地看着他们，还有一个长着大头的白色女巫，拱起膝盖，她的脸一闪一闪的，好像在皱眉，微笑，自言自语。[41]

高高的拱形顶上布满了反射的颤动的光芒，他们看到了很多蝙蝠，有的倒挂在上面，就像是腐烂的梨子，有的张开雨伞一样的翅膀，吱吱乱叫地俯冲下来，几乎就要把他们从上边推到水里。

一只白色的毛茸茸的猫头鹰从他们身边飞过，叫道："谁？"

威廉姆用尽可能勇敢的声音回答道：

"玩偶家的威廉姆和安娜贝尔！"

他们沿着河走出山洞，逃离了长满苔藓的绿色岩石上流下来的瀑布。突然走到明亮的阳光下令他们兴奋，同时也使他们一下子看不见东西了。水流清澈，泡沫飞溅，鸟儿叽叽喳喳，树上的花在炎热的空气中散发出甜甜的香味。

威廉姆看着安娜贝尔，安娜贝尔看着威廉姆，然后他们两个同时看向芬尼。

----

[41] 野兽和女巫都不是真的，就像威廉姆和安娜贝尔想的那样，其实是白色、灰色和桃红色的钟乳石和石笋的模样。那个女巫的脸看起来在动，是因为反射着光的水滴在动。钟乳石从山洞顶上垂下来，石笋从它下面长出来，是钟乳石上水滴流下来慢慢形成的。这就是跟你说的那两个美妙的长单词。

三个人的身上都粘着灰色的蜘蛛网和绿色的软泥；但是谁在乎呢？他们是这么高兴！

"我就知道，这就是我走过的那条河！"威廉姆说，"它会指引我们回家！"

第四十一章 威廉姆河

虽然他们感觉在山洞里待了几个小时，但此时仍然是早晨。树林上方有一层薄雾，就像在河上盖了一层脱脂棉；挂着露水的花朵中溢出水滴，就像是在哭泣。

他们在瀑布下洗了一个澡，太阳正好在瀑布上面映出一道彩虹。

安娜贝尔想要抓住那道彩虹。它实在太可爱了，她想把它带回家，当作礼物送给妈妈。她以为自己抓到了，但是再看时，手里只有水花。

"别在意，"威廉姆说，"我们自己有彩虹，就在珊瑚小屋的瀑布那儿。现在我们要做一个木筏。"

于是他们捡了些细树枝，用树根绑在一起。然后两人都跳了上去。威廉姆用另一条树枝推动木筏，离开岸边。他们顺着威廉姆河平稳又快速地前进。

高大的涉水鸟，样子很奇特，有长长的嘴，漂亮的羽毛像白色的日出云。他立在阴凉处，抬起头来，目光离开水里的鱼，看着威廉姆和安娜贝尔走过。

木筏最先通过的是一片竹林，竹子一直吱嘎、吱嘎地响，发出的声音就像是软木塞被拔出来了一样。接着在竹子、棕榈树和树蕨之间出现了一些长得较高的树木，树叶上面挂满了兰花，与藤蔓缠绕在一起，交织着遮住了天空，并顺着河水流动的方向形成了一条通道，就像一块结实的玻璃地板，除了那条浸入水中装饰着河面的树枝。

他们想了又想："这是河的尽头了！"前面的树看起来仿佛成了一堵结实的墙。流水带着他们转了一个弯，又看到另一段黑水河，然后是新的景色，就像翻过了一本带有色彩明亮的图片的书。

这里有一棵树，上面挂满了刚刚枯萎的花，就像象牙雕刻成的穗子。有些衰败的花还是花骨朵的样子，那里住着毛毛虫一家，那些毛毛虫的头上都长着深红色的角，正在填饱自己的肚子。

另一棵树上到处都落着一种黑色的鸟，那种鸟长着明黄色的嘴和鲜艳的尾羽。有的正在建造鸟巢的底，那鸟巢看起来就像一只悬挂的篮子；还有一只鸟头探了出来，就好像圣诞袜子里露出头的礼物；有的鸟正在喂鸟宝宝，那些鸟宝宝叽叽喳喳乱叫，热切地拍打着翅膀。那棵树上有上百只这样的篮子。[42]

一只极乐鸟，尾巴像黄色的云烟在飘动，盘旋在一棵高大的植物上方，那棵植物的光滑的茎条弯曲地挂住了一个明黄色花冠，梨形水滴从花朵里落下。[43]

每只鸟都把细长的嘴伸进花里，在瀑布底下洗澡。他们在空中摇晃，就像是挂在细铁丝上。到处都是蜂鸟。他们是如此的漂亮，细小，迅捷和闪耀。威廉姆和安娜贝尔都不相信这是真的。他们的胸膛是紫色的，还有蓝色的、绿色的、金色的和闪烁的，不停变换着色彩，他们要在空中停住，就要不断地扇动翅膀，因此模糊成了一团影子。

他们发现了一个长满青苔的蜂鸟窝，里面垫着丝一样光滑的种子，悬挂在河水的上方，由缠绕的蜘蛛网绑在铁线蕨上的小树枝上。它就像顶针那么大。安娜贝尔想把这个带给妈妈，当作帽子。

"安娜贝尔，你知道妈妈不会戴一个鸟窝的！"

"好吧，那给爸爸戴！"

"我认为妈妈不会让他戴的，并且现在爸爸已经有了一个防晒帽。"

"那我把这个给黛娜，让她当工作篮子用。"

但是她还是决定不拿了，因为威廉姆说蜂鸟会回来找的。

每次威廉姆与安娜贝尔（还有芬尼——安娜贝尔补充说）想

---

[42] 这些鸟是发冠拟椋鸟。

[43] 这些是芦荟，或者说是世纪植物，一百年才开一次花。威廉姆和安娜贝尔太幸运了！假设它们去年刚开过花，那他们必须要等九十九年才能再看到它们开花。

要仔细看一看时，这条河的水流就会带着他们转一个弯，让他们去看别的景物。

挂在树上的一条藤蔓开始动了，滑进了水里。这时他们才看清，那是一条蛇。

这个岛上的东西总是在最后才呈现出它的本来面目。

那条蛇径直向小木筏游来。

"抓紧！"威廉姆大声喊道，并抓起了芬尼。

蛇顶翻了木筏，他们掉进水里。

第四十二章 树根洞

有一段的河面上全是蓝色的睡莲，叶子像绿色的茶盘，又大又厚，如果你长得足够小，就可以在叶子上站住。

威廉姆胳膊底下夹着芬尼与安娜贝尔爬上了其中的一片叶子。那朵睡莲里正好住着一个昆虫家族，昆虫全都飞来看他们，相互转告，说着关于他们的事。

那条蛇已经消失了，但是木筏也被河水冲走了。

"我们一会儿再做一个。"威廉姆说。他们踩着睡莲的叶子走向对岸，爬上了墙，并且礼貌地向对他们感兴趣的昆虫左右鞠躬。

他们刚走上岸，嗖！掉下来一个小巧而精致的东西，看上去像是银的。

那是玩偶之家里放在茶几上的奶油罐！

他们抬起头望去。过了一秒钟，一双亮晶晶的眼睛透过树枝的间隙看过来。

"是爸爸吗？"安娜贝尔倒抽了口气。除了妈妈，还有谁能拿奶油罐呢？但是妈妈不会在树尖上跑来跑去。

"我看见有东西蜷缩在那里，好像是条尾巴。"

"也许爸爸正好拿着一根手杖。"

"不，那是一只猴子！"威廉姆喊道，"快看！他又出现了！跑，安娜贝尔！你拿上奶油罐，我带着芬尼。"

他们一边跑着，一边回头看晃动的树枝。

"我……不……管！我……还是……认为……那是爸爸！"安娜贝尔喊着，声音颤抖。

呼哧！威廉姆绊了一下，摔倒了，安娜贝尔摔在了他的身上。

他们爬起来。叶子还沾在他们身上，而那个像爸爸或者猴子，又或者是其他什么的东西，已经看不见了。

那棵绊倒他们的树，也自己立起来了，就好像是踮着脚站着，根上长满了青苔，有的像蓝灰色的杯子，有的像柠檬黄的小点，有的像浅色的玫瑰扇。树干上也长着一簇簇的蕨类植物。在凸起的树根之间是一些小洞，在那个最大的洞前面，在弯曲得像喷泉的蕨类植物的下面，放着一把属于玩偶之家的最好的红色椅子！

椅子上全是露水，像雨后的覆盆子。旁边长出了一棵蘑菇，正好可以当作桌子。

威廉姆和安娜贝尔望着彼此，惊讶得说不出来话。

一片紫色的青苔弯曲成走廊的顶，伸进了洞中，他们踮着脚站在下面。

那边放着玩偶之家最大的床，床上铺着带着白色花瓣的床单，旁边有一块厚厚的树叶地毯。

那边还有另一把红椅子，带着一张半个坚果壳做的脚凳。

还有一丛蕨类植物，上面整整齐齐地挂着玩偶夫人的粉色丝绸礼服、带着蕾丝边的衬裙、抽屉，还有她的睡衣！

"那肯定是爸爸！"安娜贝尔喊道，"也许他在隔壁房间。看，威廉姆，浴室！"

那边有个白色的花瓣杯，里面装满了清水，杯子的大小正好可以当作玩偶的浴缸；还有一块可可坚果皮做的浴垫；还有花瓣毛巾；还有一点东西用作肥皂。[44]

"所以，这是我们的新家！"安娜贝尔喊道，"威廉姆，你真厉害，你带着我们找到了它！"

威廉姆也想让自己很厉害，但是他必须诚实。

"不，安娜贝尔，我们的新家在海边的珊瑚洞，我不知道我们现在在哪儿。"

"但是妈妈和爸爸肯定在这儿！这是他们的衣服。"

"他们的衣服被偷了。"

他想："这肯定是小偷的窝！"但是他没有告诉安娜贝

---

[44] 威廉姆咬了一口（他饿得能吃下任何东西，甚至是肥皂），发现那点东西是香蕉。当那个人（我提到的那个人，就是装饰房间的人，到时候我会告诉你他是谁）在丛林中找肥皂时，那个人认为香蕉比任何东西都像肥皂。

尔，他怕吓着她。

没有人在这儿，就连那个小偷也没在。

"我们最好继续往前走。"

"我们不能了，威廉姆。芬尼说他太累了，而且又困又饿。"

天变黑了。

"我们在这里待到天亮吧。"威廉姆说。他对自己说不能睡觉，得整夜监视着小偷，如果他们回到洞穴，就得与他们搏斗。

他们拿出那把红色的椅子，在蘑菇桌子上吃了晚饭。安娜贝尔把芬尼放进浴缸睡觉——对鱼来说，那是最好的地方。然后她爬上床，威廉姆在门边躺下等小偷。

在你读到这个故事之前，他们睡得很快，甚至没有听见有个人兴奋地喊：

"亲爱的，快来！快点！用最快的速度跑过来，看看我刚刚发现了什么。"

第四十三章 月光下的舞蹈

"亲爱的，快来！快点！用最快的速度跑过来，看看我刚刚发现了什么。"玩偶先生激动地喊道。

玩偶夫人匆忙地赶，尽可能快地跑过来，看到了玩偶之家的两把红椅子，在伞菌的边儿上。随着时间的推移，伞菌生长得如此高大，与其说它是一张桌子，不如说它更像一把花园伞。

"你见过吗？"

"没有，从来没有。"

"好像有什么东西在伞菌顶上，但我得踩着椅子上去看看是什么。"

"等一下，亲爱的！"玩偶夫人在椅子上铺上一片叶子。然后玩偶先生踩上去，踮起脚站着，喊道：

"奇迹永远不会停止！这有一个玩偶之家的奶油罐，里头有露水！"

"这里还有个洞！噢！亲爱的！这一定是贼窝！"

玩偶先生匍匐爬到洞门口，向里窥视着。

月亮已经升起，借着它的光，玩偶先生看到有个人躺在里面。

"举起你的手，不然我就开枪了！" 玩偶先生喊道。

威廉姆跳起来，飞奔向玩偶先生，因用力过猛他俩都摔倒了。奶油罐里的露水也随着他的脚步洒了出来。

你看，玩偶先生认为威廉姆是个小偷，威廉姆认为玩偶先生也是个小偷，所以我认为他们都很勇敢。你们不这样认为吗？

想象一下他们的激动和喜悦！

最初的几分钟，每个人都叽叽喳喳地讲话，之后，玩偶先生说：

"我们今晚在这里过夜，明天早上我们三人将再次出发寻找安娜贝尔。"

"哦，我不打扰你们，"威廉姆说道，假装很冷漠的样子。

"为什么不去啊，威廉姆？我以为你会急切地想找到你可怜的小妹妹！"

就在那时，安娜贝尔怀里抱着芬尼走出了洞穴。她以为那些噪声是窃贼发出来的，她不想错过任何事件。

我认为四个小娃娃从未像现在这样开心。

玩偶夫人让玩偶先生把红椅子和奶油罐拿进来，然后她带着孩子们去睡觉。威廉姆和安娜贝尔又在树叶铺的柔软的简易小床上睡着了。但玩偶夫人还醒着。既然她的孩子们都找到了，她又渴望回到家里去。

"我想睡在自己的床上。"她叹了一口气。

"你现在就在你自己的床上，亲爱的。"

"我的意思是在我自己的房子里。"

"但那房子里现在都是水。"

"我的意思当然是在我们海边的小屋。我不喜欢住在陌生的小偷家里。"

然后她突然说：

"你认为他们对我的假发做了什么？"

她最后还是睡着了，只有玩偶先生还醒着。他没有像其他人一样快速入睡，因为他没有那么困，不会一躺下就想合上眼。

那是什么？"隆隆——隆隆——隆隆——"

有鼓声从丛林里传来。他不得不去看看发生了什么。

他爬下床，走过了结在门口的蜘蛛网。

"隆隆，隆隆，隆隆，隆隆——"有人在击鼓。玩偶先生能够听到，在地上和树

166

上，有轻轻的脚步声和隐约的沙沙声，是那些回应鼓声的人发出的。

美丽的月光洒在丛林里，那光芒如此明亮，白色伞菌闪耀着，蕨类植物洒下黑色的阴影。玩偶先生循着声音来到一块空地上。那里栖息着一只巨嘴鸟，他正在空心树上敲击着。"隆隆——隆隆——"

那里蜷缩着一圈儿奇怪的小东西。有些坐在他们的尾巴上，好像尾巴是折椅一样，一只仰躺着，抱着双脚。树上有两只挤在一起，尾巴松松地缠绕着。还有一个妈妈，正温柔地抚摸着她胸前的孩子。玩偶先生能明白，他们是在等待着什么。

"猴子们！"他低语道。

月光越发明亮，大大的萤火虫一闪一闪。

然后，有个人从阴影里走了出来。

"黛娜！"玩偶先生倒吸了一口气，说道。

猴群里传来一阵急促的、愤怒的吱吱声，好像他们在告诉他保持安静。

这个小小的黑色玩偶只戴了一个蓝色珠状耳环，脖子上戴着红花黄花做的花环，头上还有个亮闪闪的东西，在月光下呈现出浅金色。

那是——那不可能是——是，那确实是——

玩偶夫人的假发！

她走到空地中央，开始在巨嘴鸟的鼓声中跳舞。起初是慢慢跳，然后越来越快。月光照出了她眼睛里的眼白，她蓝色的耳环、假发，还有脖子上跳上跳下的花环。其余部分都是墨黑色的，她长长的墨黑色的影子跟着她一起舞蹈，仿佛被绑在了脚后跟上一样。

"黛娜！"玩偶先生喊道。

话音刚落，黛娜停止了舞蹈，巨嘴鸟停止了击鼓，猴子们四散逃窜进丛林里，一只都没留下。

"玩偶先生！"黛娜喊道，急忙脱下假发，"玩偶夫人在这儿吗？"

"她睡着了，在我们发现的一个有家具的洞里。"

"是的，先生。那是我的洞穴。我给它配备了家具，但我的朋友带着家具——"

"你的朋友？"

"是的，先生。那些猴子。一只猴子也把我从树上带走了。但是他们现在喜欢我，我也喜欢他们。他们认为我是个什么女王。和他们在一起我很开心。玩偶先生，先生——"

"什么事儿，黛娜？"

"我戴了玩偶夫人的假发，我感到很羞愧。我一直都想戴它，但真正戴上了并没有让我快乐。它只会使我看起来皮肤更黑。"

"关于这件事，就不要再提了！"玩偶先生善良地说道。

"谢谢你，先生。我不会再说了。"

"我也不会说。"

"明天早上我会来给你们准备早饭，然后把一切都告诉你们。"

第四十四章 穿过树顶的队伍

第二天，当玩偶先生、玩偶夫人、安娜贝尔、威廉姆和芬尼从洞里出来，就看到黛娜穿着一件红花连衣裙，头顶着装满水的奶油罐从河边走来。一张新的伞菌桌子出现在外面，上面摆着用小坚果壳盛的美味早饭。清晨的空气充满了芬芳，鸟鸣声声。阳光透过芭蕉叶，好像它们是绿玻璃一样，又充盈在每朵花的花蕊中，所以花瓣看起来像彩灯，叶子的脉络则显得更暗了。

玩偶夫人和安娜贝尔穿着新鲜的白色花朵，玩偶先生和威廉姆穿着新鲜的绿叶。玩偶夫人戴着她的假发，而且十分感谢黛娜找到了它。

当他们吃早饭时，黛娜讲了她的故事。

你已经知道鱼和海鸥是怎样带她离开，又怎样把她放下的。我恐怕黛娜想让玩偶一家这样理解：是她告诉鱼和海鸥这样做，而且他们温顺地听从了她的话。

"黛娜越来越喜欢夸口了。"玩偶夫人心想。然而玩偶先

169

生说：

"是的，我非常理解，因为当我乘独木舟出海时——顺便说一句——我很遗憾那天你没能等我，黛娜！"

"我也是，先生。但我仍然谢谢你来接我。"

"当我在独木舟中，一条比鲸鱼大好多的黑金相间的鱼特别烦人，我就直勾勾地看着他，然后命令他离开，他就离开了。勇气！需要勇气！"

"我也能理解！"威廉姆喊道。"当我掉到螃蟹洞里的时候，我——"

"行了，亲爱的威廉姆，"玩偶夫人说，"我们永远不要吹嘘自己！"

你已经了解了黛娜是如何走在树枝上，还有变色龙是如何走来的。黛娜说当然是因为变色龙愚蠢，不过他们认为她的歌声是如此美妙，以至于他们身子发胀，几乎要爆裂了。

"黛娜变得非常自负了。"玩偶夫人心想。玩偶先生想，他愿意对变色龙唱他的独木舟之歌。

虽然，也许他最好不要这样做。他情不自禁地感觉到，这样美妙的一首歌可能真的会使他们爆裂开来。

"然后，一只手从树叶中伸出来，"黛娜说，同时将她的手伸向玩偶夫人，"抓住了我！"

玩偶夫人被吓了一跳，本能地用力向后退，靠到了伞菌上。伞菌软软地折断了，她摔倒在地。

"那是只猴子！"黛娜说，"你认为他身上有什么？"

"我的假发！"玩偶夫人喊道。

黛娜停了一下，
然后说：

"不，夫人，是
你的蕾丝边儿内裤。
他们不知道怎么穿那
个。一只胳膊穿过一
条裤腿。我认为丛林
里的猴子不习惯穿花
边儿衣服。"

"所以晾衣绳
上的衣服跑到了那
儿！"玩偶夫人大叫着。

"是的，夫人。猴子们拿出了所有的衣服和家具。玩偶先
生的睡衣褪了色，还沾上了污点，所以我就用木瓜叶洗了它，
并且把它染成了黑色——"

"你是怎么知道这个方法的？"

"我好像记得，莫名其妙地。在找到你们之前，我把其他
东西放到洞里保存起来。我找到了法子来解决床单、毛巾和肥
皂——"

"肥皂？"玩偶夫人说。

"夫人？"

"我只是用法语说了肥皂，黛娜。"玩偶夫人解释道。[45]

---

[45] 我觉得玩偶夫人是在卖弄自己。她从玩具店里一个法国娃娃那儿学过一
点点法语，还有一首法语歌叫"在月光下"。

"是的。嗯，我会让猴子们把你的东西带回去，也会带上我们一起回去。当他们把我带到这儿的时候，一只猴宝宝发烧了，我用湿叶子做敷布治好了他。他们非常感激我，我说什么他们都听。他们大概认为我是个女王。"

"黛娜变得太太太自负了！"玩偶夫人认为。

不过，他们知道会被带回家，还是很欣慰的，这样他们就不用靠双脚走完这段艰苦的旅程了。

早饭过后，队伍开始穿越树顶。

第一只猴子带着家具，家具被装在一个裂开的椰子壳里，用棕榈条捆在一块儿。

另一只猴子带着衣服，衣服打包塞在一个空鸟窝里。

接着，一只猴子用一个新太阳帽带着玩偶先生，一只用假发带着玩偶夫人，一只带着威廉姆，一只带着安娜贝尔，还有一只带着黛娜。

一只非常小的猴子带着芬尼。

还有一群猴子什么都没有带，只是因为好玩跟在他们身边。

因为猴子走路速度快，还知道所有近路，所以不一会儿，他们就嗖嗖地穿过了树叶、蜥蜴（他闪开了）、兰花和蕨类植物，还有一只金刚鹦鹉。玩偶夫妇礼貌地向她鞠躬，虽然我不确定她是否是他们的朋友。终于到了海滩上，宝宝挥动着胳膊，老螃蟹小螃蟹挥舞着蟹钳，看门人神仙鱼转着圈儿游来游去，他们团聚了！

第四十五章 漂流岛上的家庭生活

"现在，夫人，我们要把房子摆好！"黛娜说道。

"但是要怎么弄？"

"噢，我会让猴子们来做。"

"黛娜已经变得太过自负了，她认为她能让那些猴子做任何事！"玩偶夫人对玩偶先生说。

"她确实能做到，亲爱的！"玩偶先生回答。

首先，他们打开了那个椰子壳，然后用椰子壳做勺子舀出了神仙鱼。他们都感谢神仙鱼很好地照看了他们的房子，玩偶夫人说她很乐意推荐他，如果他还考虑再找个职位的话。然后，神仙鱼摇摇尾巴表示告别，游向了大海。

173

接着，玩偶一家和猴子们都在编绳子，准备把玩偶小屋拉上来。他们用椰子树的根和条编织绳索，猴子们总会把尾巴编进去，然后又被玩偶夫人和黛娜解开。但最后，绳子还是做好了，并被系在了屋子上。玩偶一家和猴子们把玩偶小屋拉上来，每个房间都流出瀑布一样的水流。

玩偶先生想发表讲话感谢猴子们，但是玩偶夫人和黛娜已经开始打扫房屋了。威廉姆正带着安娜贝尔去看海滩上的历史景点[46]，顺便看看能否找到一只虾。猴子们在靠着海滩的椰子树上，爬上爬下地玩游戏。只有宝宝和螃蟹当听众，他们一直在挥舞着手臂和钳子。他向他们做了一段小小的演讲，这时，玩偶夫人喊道：

"亲爱的！来帮我们把地毯铺到太阳下晒干！"

他们把树根洞穴和珊瑚小屋里的家具搬了进来，还有一些特别漂亮的贝壳和珊瑚。但是黛娜在珊瑚小屋里留了些东西，用它做厨房。她说它几乎和肥皂盒一样棒。她还把空鸟窝做成了衣物篮。

玩偶之家的生活又开始了，好像他们还在玩具店里一样，如此平静。

玩偶先生和威廉姆想：

"如果不过荒野生活，那来到荒岛的意义是什么呢？"

但是玩偶夫人有其他的想法。

每天早上，玩偶夫人都会和黛娜在珊瑚小屋的厨房有一

---

[46] 玩偶先生的瀑布、眺望山、大螃蟹池（在岩石下轻松弄起来的），还有岩石圈。他们只是低头看着。

场对话："嗯，黛娜，我认为今天的空气羊腿和空气花椰菜不错。再来道饭后布丁。"或者"我们要带上芬尼来吃午饭，请给孩子们多准备点儿空气菠菜。"你还记得玩偶一家经常假装吃布丁、柴奇、洛比和芬尼吧？虽然他们从没有真的这样做过。布丁、柴奇、洛比和芬尼很喜欢被选作午饭或晚饭，迫不及待地想要轮到自己。

然后玩偶夫人就会喊道：

"就是现在，乖宝宝们！"

那意思是，威廉姆和安娜贝尔必须上课了；用贝壳做算术，在沙子上练习写作，讲述漂流岛周围接壤着什么。

猴子们给玩偶夫人带来很多麻烦。她认为他们总是围着玩偶之家和珊瑚小屋转。

"黛娜有太多同伴了！"她对玩偶先生说。

一个麻烦是，猴子们特别崇拜玩偶夫人，从不会让她落单。她会坐在钢琴前弹奏《玩偶圆舞曲》，而她知道的第一件事情就是，她会被一只猴子用手头朝下地拎起来，然后那只猴子会带着极大的惊奇和兴趣盯着她看。还有一只会带着她去长着黄色和深红色花儿的树顶上，当他在树枝上荡秋千时，他会抓着她的脚，快要把她吓死了。当然，他认为他是在款待她。

她严肃地和他们谈过，黛娜也这样做了。但是对他们来说，她似乎是那么的精妙绝伦，所以决不能离开她身旁。他们试着做她做过的一切——弹钢琴，或者当她抓着她叶子连衣裙的裙裾时，他们会抓起自己的尾巴。

一只非常小的猴子总是拿她的东西，因为没人告诉他这是不对的，他总是在丛林里拿他喜欢的东西——水果或者坚果。他找到了她的长礼服（那件她当然不会每天在海滩上穿），把它带到椰子树上，然后穿上了它。然而猴子不知道该怎么穿。他像戴帽子一样把裙子戴在头顶，裙裾耷拉在后背。这时玩偶夫人对他喊道："请立刻把我的连衣裙还给我！"他扔下一个椰子作为礼物，几乎要让她崩溃了。

"这样的邻居！"玩偶夫人叹息道。

不过，她心里明白，他们这样做只是因为他们不知道怎样做才对。她感激他们在穿越丛林的搬家过程中给予自己帮助，感激他们把玩偶小屋拉上来，感激他们带来水果和坚果做礼物。所以，当她想为他们做点儿什么的时候，她会给他们上跳舞课。

教猴子们跳舞的麻烦是，他们会翻筋斗，或者爬上树摇尾巴，或者停下来挠头，在每支圆舞曲的中间。如果你去过舞蹈学校，你知道，那或许很有趣，但不该这样做。

她还为猴子们做过别的事情。她把玩偶之家的地毯做成了很多条裤子。黛娜特别的朋友——那只带她从树枝上走的猴子，有一条绿色的裤子，上面有一个红玫瑰花图案，是用客厅的地毯做的。

因为玩偶之家的地板看着很空，玩偶先生就用沙子在上面撒出了漂亮的图案。他在一块地板上撒出沙子波纹，看上去像波浪；在一块地板上撒出旋转的蕨类植物；在一块地板上撒出纸风车；在客厅的地板上，他撒出了一朵大大的玫瑰花。

玩偶先生也上课。他给鹦鹉上课，试着教他们说词语。

但这不是漂流岛上的所有课程。他们只是每天早上花费一两个小时上课，然后孩子们和玩偶先生会在海里沐浴，或者观察寄居蟹，看他们爬到软体动物的壳里，把壳当房子背着行动，他们伸出来的蟹钳就像一副空的手套指头。

或者，玩偶先生会带着威廉姆和安娜贝尔爬上椰子树，然后滑下来。那很有趣！

或者，他们会去他们最喜爱的地方。在瀑布底下，真的在瀑布底下，在岩石和流动的水之间，那里就像一个滑动、弯曲的玻璃房子。

有时候他们会带上黛娜去丛林探险，黛娜很熟悉丛林里的路，好像她出生在那里一样。她给他们展示了许多奇怪的东西。充满水的猪笼草，还有在自己身上按压就能印出图案的银色蕨类。银色的图案在黛娜身上比在其他人身上显得更好看。

有时候，在满月那天，黛娜会溜到丛林里。玩偶先生想她是否又去跳舞了；玩偶夫人会难过地说：

"我们这次真的失去她了！"

但是黛娜总会回来。

第四十六章 玩偶先生的书

"亲爱的，有些事儿我想让你做一下，"一天早上，玩偶夫人对玩偶先生说，"我们在漂流岛上经历了奇怪的冒险。"

"是的，亲爱的。"

"不是所有的玩偶都能看到我们看到的东西。"

"是的，亲爱的。"

"所以我想让你写本书记下这些！"

"亲爱的！我不会写书！"

"好吧，或许你不会。"

"但我会尽力写的。"玩偶先生匆忙地说。他真的很喜欢这个主意，但他认为一开始他应该谦虚。

为此，玩偶夫人在海滩边整理了一个安静的洞穴用作书房，并在外面的沙子上写道：

"禁止打扰！"

玩偶先生的墨水是压碎了的紫色花朵的汁液，他的羽毛笔是用一种蜂鸟的羽毛做的。

他就是这样开始创作的。

每天早上他都会去游泳，来放空大脑。

再来个日光浴。

然后沿着海滩轻快地散步。

然后他会坐在瀑布边收集他的想法。

然后打会儿盹儿，因为他的大脑累了。

然后游个泳，使自己清醒。

然后到了晚饭时间。

然后看星星。

然后到了睡觉时间。

就这样过了一段日子，直到玩偶夫人说：

"亲爱的，这不是写书的方式！早饭后去书房写。黛娜会用托盘给你送午饭，你最好不要在每晚五点钟以后工作。"

威廉姆和安娜贝尔阻止螃蟹、海鸥和猴子去看望玩偶先生，但是他们经常自己去看望，并问：

"进度怎么样了，爸爸？"

所以玩偶先生，不是很急切地，照着玩偶夫人说的做。

下面就是他一周后完成的东西：

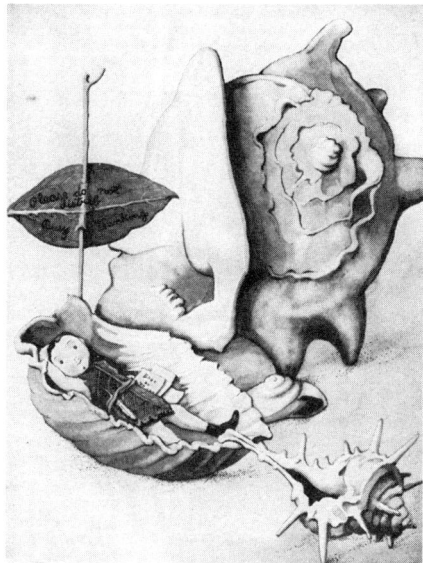

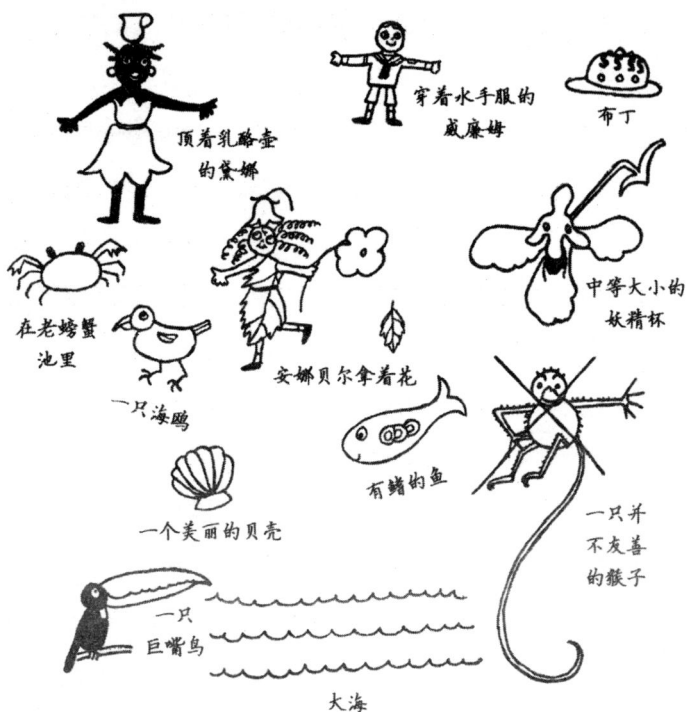

玩偶先生的书

穿着水手服的威廉姆

布丁

顶着乳酪壶的黛娜

中等大小的妖精杯

在老螃蟹池里

一只海鸥

安娜贝尔拿着花

有鳍的鱼

一个美丽的贝壳

一只并不友善的猴子

一只巨嘴鸟

大海

第四十七章 玩偶们的决定

玩偶先生、威廉姆、安娜贝尔和黛娜想要永久居住在漂流岛上。安娜贝尔说，布丁、柴奇、洛比，还有芬尼也想永远住在那里。宝宝还小，不会说话，但他看起来很满足。

但是，玩偶夫人想要离开。

"如果孩子们不和玩偶玩耍，玩偶不会开心很长时间的，"她说，"你知道的，岛上没有小孩子。"

"这里有许多猴子，"玩偶先生说，"他们不一样吗？"

"猴子！"玩偶夫人说，许多个早上，猴子都是让她在充满水的猪笼草里头朝下度过的，最小的猴子还粗心地留下了她，"不要提猴子！"

于是，他们围坐在一起，气氛悲伤又沉默，谁也不提猴子。

"玩偶需要孩子们，孩子们需要玩偶，"玩偶夫人说，"你们不记得在玩具店里皮尔妮·席林瓦克斯曾经告诉我们的故事了吗？你们不记得我们曾经多么渴望和孩子们在一起共度美好的时光吗？就像她的生活一样。"

*

　　皮尔妮·席林瓦克斯是另一个玩偶小屋里的玩偶，她属于一个叫南希的小女孩儿，或者说，南希属于她，玩偶们也不确定到底谁属于谁。南希经常带着皮尔妮洗澡，导致她有点儿开线，所以皮尔妮就被送到玩具店重新拼接一下。

　　她成了玩偶们的好朋友，常常给他们讲她的家庭：席林瓦克斯先生和席林瓦克斯夫人，她的姐姐潘西·席林瓦克斯，她的哥哥莱昂内尔·席林瓦克斯和沃尔纳特·席林瓦克斯，还有他们的厨师，是玻璃做的，穿着一个手帕裙，长着一个软木塞脑袋，上面用墨水画了一张脸。厨师的名字叫凯蒂·皮尔伯克斯。黛娜最喜欢听她的故事。

　　南希和她的小弟弟大卫一直都在和席林瓦克斯家族玩耍，皮尔妮说他们特别有趣。席林瓦克斯的家不像我们的玩偶之家这么宏伟。它又老又破，有些家具还坏了，但是皮尔妮爱它。当玩偶夫人向她展示玩偶之家的美丽时，皮尔妮说："这里没有像家的地方。"通常玩偶夫人认为这是礼貌。

　　席林瓦克斯家有一只粉红色的蜡质的凤头鹦鹉，在一个镀金的笼子里。他融化了一点点，但不算太糟糕。他们有个没有把手的陶瓷杯子，用来做浴缸。当玩偶夫人带皮尔妮看玩偶之家的锡制浴缸时，皮尔妮说："我们家有个陶瓷的！"大卫帮皮尔妮做了张床，把蓝色天鹅绒粘在一个雪茄盒里。有一个火柴盒做的抽屉，三个粘在一起。抽屉真的能拉开放东西——鸟食、皮尔妮的帽子，或者一个樱桃核。

　　当南希和大卫吃午饭时，席林瓦克斯家族经常坐在桌边，在牛奶和吐司散发出的香气中，和他们一起分享。凯蒂·皮尔伯克斯总是吃得最多，因为南希和大卫总会拿掉她的软木塞脑袋，然后放一点儿坎布里克茶或者覆盆子进去。

有时候，席林瓦克斯家族会乘坐一只鞋子去兜风，搭奈迪的顺风车。奈迪是一头石膏驴子。他掉了一条腿，不得不靠一本书或一块积木支撑站立，但他从不会因此抱怨，他们都爱他。他的脑袋能拿下来，像凯蒂·皮尔伯克斯的一样，所以有时候就找不到了。但是奈迪不介意失去他的腿，更不介意失去脑袋。有时候他的脖子看起来很长，像是带了一个又高又白的硬纸领。有时，在南希和大卫喂饱他之后，他会直视天空，或者被沾上一点草，或者苜蓿，在脖子的裂缝上。

有时候南希和大卫会把席林瓦克斯家族装在口袋里出去兜风，或者放在他们的海魂衫前面。

有时候他们特别宽容，因为他们允许席林瓦克斯家族的其中一个在花园里待一晚上。皮尔妮告诉玩偶们，她在蔬菜园待过一夜，在芦笋林子待过一夜，欣赏月光下美丽的露珠。

其他夜晚，当孩子们都睡着了，游戏房里，月光倾洒在地毯上，看上去好像是一个铺满白雪的广场。一只小老鼠，长着长长的胡须，他是席林瓦克斯家族亲密的朋友，经常来拜访他们。

"每到冬天，一棵带有美味香气的漂亮的树就会长在游戏房，"皮尔妮说，"南希和大卫叫它圣诞树。有一天它会长在那里，上面空空的，除了有些暗绿色的针。"

"我猜是树叶，亲爱的。"玩偶夫人纠正她。

皮尔妮是个有礼貌的小玩偶，但是她确定那是针。门外的树上绿色的东西是叶子，她知道，但是游戏房里的树上绿色的东西是针，这是南希和大卫说的。

"它们锋利吗？"玩偶先生问，他以前检查过玩具店的工具箱，在那晚的谈话发生之前。

"非常锋利。"皮尔妮回答道。

"那是针，亲爱的，"玩偶先生对玩偶夫人说道，"你在给我们讲——依我看，你在给我们讲什么呢？皮尔妮·席林瓦克斯小姐？"

皮尔妮说她在给他们讲述游戏房里的那棵树，第一天树是光秃秃的，但第二天早上，总会有各种闪闪的水果出现在上面——金色、银色、深红色和蓝色，树顶上还有个天使。有时候，大树枝上的蜡烛会被点亮，燃烧到只剩蜡泪。有时候，一支蜡烛的火焰会烧焦一根树枝，然后就会散发出世界上最好的气味。

然后当它的针——

"树叶，我还是这么认为，"玩偶夫人说，"继续，亲爱的皮尔妮。我们都很感兴趣！"

所以皮尔妮接着讲述了那棵树的针如何开始掉落：有时候，一个闪闪的水果会轻轻掉下来，分裂成星星散落在地毯上。

一周之后，这棵树就会被挪走。

皮尔妮讲到有趣的客人来到了席林瓦克斯之家。一位姜饼女士和一位姜饼先生，他们穿着外套，外套上有纽扣，脸上还挂着愉快的笑容，这些都是用白色糖霜画的。起初，他们住在漂亮的树里，当那棵树被挪走，而且南希和大卫发现姜饼先生和姜饼女士这么硬，只能在他们身上咬下牙印之后，他们就住到了席林瓦克斯家里。姜饼女士和姜饼先生旅游过，能讲一些有关鹳鸟、松林，还有黄色麦田里的蓝色矢车菊的故事，而且，他们还能唱歌："啊，你爱奥古斯汀。"

还有薇什伯恩阿姨，住在办公桌上，用她的扇形法兰绒衬裙擦所有的钢笔。

是的，他们都记得皮尔妮·席林瓦克斯，还有她的故事。

"孩子们在某个地方等着我们，"玩偶夫人说，"我们必须考虑这些。"

玩偶先生去观景山的顶上独自坐着。威廉姆和安娜贝尔带着布丁去了瀑布底下，坐在他们有流水的绿白相间的房子里，直到两人被珠状的水雾覆盖。他们都在认真地思考。

那天晚上吃晚饭的时候，玩偶先生说：

南希和大卫经常带她去拜访席林瓦克斯家，或者带席林瓦克斯一家去看薇什伯恩阿姨的办公桌，同时还带着他们的小木屋和大大的绿色吸墨纸地毯。

"当你和孩子们一起生活的时候，每天都比前一天更好，"皮尔妮说，"你从来不用猜测他们下一步会对你做什么。"她曾经住在玩具店，她一个人，但是她不愿意回到那个地方，不管因为什么事。"当然，像这样的短暂逗留还是很愉快的，"她补充道，"但不是居住，太拥挤了，有太多陌生人。没有真实的家庭生活。"她对玩偶之家表示同情，因为他们了解的，只有那些来到玩具店看着他们，又被大人告知"不许碰"的孩子。

"亲爱的！我认为你是对的，关于离开漂流岛这件事。我们必须去有孩子的地方。"

威廉姆说：

"安娜贝尔和我也是这么想的。"

安娜贝尔说：

"布丁想要住进又好又干燥的托儿所，因为他正在变绿，海上空气和瀑布的水雾让他发霉了。"

第四十八章 宴会

"但是我们怎么离开？"玩偶夫人问。

"我们必须搭建一个烽火堆，"玩偶先生说，"那些被丢在荒岛上的人都是这样做的。他们搭建烽火堆，船看到火焰以后，就会来营救他们。"

"在我们离开之前，我想举办一场告别宴会，给所有对我们友善的朋友。"玩偶夫人说。

"在我们点燃烽火的那个晚上举办吧，"玩偶先生说，"先办宴会，然后是猴子们跳华尔兹，然后是点火！我还会发表讲话！"

所有人，包括玩偶夫人，都为要离开漂流岛而感到十分伤心，他们试着不给自己留时间去想这些。他们投入到工作中去，准备宴会和篝火。

玩偶先生和威廉姆把烧火的东西放在观景山的顶上，准备用来点火。

漂流岛上有棵树，叫腰果树。它长满果实，像黄梨。在每个果实的末端挂着一个腰果，形状像逗号，只是比逗号大很多，就如同一条卷曲的猪尾巴。黛娜告诉他们果壳有很多油，当果壳被点着时，它会发出噼噼的响声，并且燃起火焰。所以他们先放了一大堆腰果壳（存着腰果在宴会上用）。在腰果壳的顶上，他们堆了能带来的所有浮木。他们接连工作了好几天，玩偶们和猴子们，最终弄了一个足够大的烽火堆。

玩偶夫人、黛娜和安娜贝尔也很努力地工作。她们收集新的贝壳杯子和盘子，还有花瓣餐巾纸。她们在沙子上标记了一个大广场当作桌子，用雪白色的小小贝壳做成蕾丝边儿一样的东西，围出它的轮廓。玩偶夫人做了一个漂亮的摆饰放到桌子中央，上面拖着长长的红色小兰花。威廉姆在桌子中间的沙子上挖洞，直到挖出水。这就成了一个放枝干的花瓶。他又在一个地方挖了一口井，还挖了一条连到海里的壕沟，因此，如果看门人神仙鱼来参加宴会的话，能感觉湿润和舒服。他们给他送了一封请柬，是用锋利的刺在海草上写的，但我担心这请柬没有送到他那儿，因为他没有来。

"漂亮！漂亮！"玩偶先生看着桌子喊道，"我们给客人们吃什么？"

"亲爱的！"玩偶夫人大叫道，"我从没想过这个问题！"

因为，正如你知道的，玩偶一家能坐下来吃一顿石膏鸡肉和石膏布丁，还有一杯杯空气，然后起身，剩下完整的鸡肉和布丁，还有杯子里的空气，并且看似他们已经吃了一顿极好的饭。

"有腰果。"玩偶先生说。

"他们不会突然四处走动。"

就在那时，有东西从长在海滩的一棵树上掉了下来，在他们脚边裂开。那是某种桔子形状的果实，紫色，有粉红色的线，里面看起来像是融化的雪块儿。[47]

"从天而降的晚饭！"玩偶先生喊道。

"是的，先生！是的，夫人！"黛娜说，"我知道我们去哪里能弄到许多其他好东西！石榴、百香果、甜面包、酸面包、金苹果、芒果、番荔枝，快来帮我们——"

"黛娜怎么知道这么多？"玩偶先生赞赏地问。

"我认为是猴子告诉她的！"玩偶夫人回答。

宴会准备好了，它看起来真是漂亮。有成堆的美味的果实堆在雪白的海滩上：奶油苹果冻，彩色奶油上还有深绿色图案；饱满的桔子；星星苹果；还有剩下的果实。黛娜已经告诉他们了。这里有充满蜂蜜的甜甜的喇叭花，是为蜂鸟准备的。

唯一的麻烦是使客人们保持距离，直到玩偶们准备好接待他们。树上站满了鸟和猴子，海滩上趴着一片海鸥和螃蟹。黛娜不得不站在桌子旁喊道："嘘！嘘！"与此同时，玩偶先生匆忙换上燕尾服，玩偶夫人已经穿好了她的礼服裙，威廉姆穿着海魂衫，宝宝穿着白色连衣裙。因为安娜贝尔把她的衣服丢了，所以她不得不穿着一朵白色的花。但它有个扇形边儿，看起来就像丝绸。

布丁、芬尼、柴奇和洛比，每一个头上都戴着一朵小花，

---

[47] 这种水果叫山竹。

像家人一样坐在桌旁，而没有像往常那样作为晚饭的一部分。

玩偶夫人告诉每个人坐在哪里，但没有人听她的。螃蟹和海鸥在桌子上行走，鹦鹉——长尾鹦鹉、金刚鹦鹉站在树枝上。然而，他们都感到很开心，所以玩偶夫人就不再为座位发愁了。

一只树懒来到了聚会。玩偶一家在此之前没见过他，他也没有为他们做过什么，但他看起来年纪很大，他们也非常高兴他能在这儿玩得愉快。他长着妖精的脸和绿色的皮毛[48]，把自己倒挂在白边儿绿叶之间的喇叭树上。他特别懒，什么都不做，只吃新鲜的粉色的芽，而且非常非常慢。

巨嘴鸟也坐在喇叭树上，享用他的晚餐。玩偶们不想没礼貌，但是他们情不自禁地盯着他每次吞咽浆果的动作，因为他们能看着他把浆果吞到喉咙下。

数百只小蝴蝶紧紧地挤在一个藤蔓缠成的环上，以至于玩偶夫人认为他们是花，直到他们都飞走了，然后又落在海滩上的一个圆圈里，那里有一只猴子，正在吃溢出汁水的果实。他们就像一个黄色的花环，花瓣不断地飞扬、盘旋，在空中飞舞，又再次落下。然后他们会合上翅膀。微风拂过之时，他们都会往一个方向倾斜，看起来像小帆船一样。

---

[48] 树懒的毛并不真的是绿色，但他的身上覆盖着小小的绿色的生物，被叫作寄生虫，所以看起来就像是绿色。树懒不介意寄生虫待在身上，至少，他从没说过他介意。

树懒一辈子几乎都倒挂在树上。有时候他们会沿着树枝缓慢地爬，但总是在下面挂着。

树懒宝宝紧紧地附着妈妈。他们不得不抓着妈妈，因为妈妈用四肢来爬树。

黛娜不得不一直拽着猴子的尾巴，把猴子从桌子上拖下来。有时候，玩偶先生对海鸥说："嘘！"但他说的语气太愉快，海鸥们没觉得有什么大不了，或者，实际上，根本没有注意。

玩偶一家试着享用热带水果，因为他们觉得吃客人们吃的东西，比往常那样吃空气更礼貌。他们分享了一个水果，外表呈海绵状，里面充满了黄色的线，还有个芯儿，像软肥皂。

"这个非常——嗯，有趣，亲爱的。"玩偶先生愉快地笑着，试着吸入长长的黄线，黄线挂在他嘴上，像中国人的胡须。"它尝起来像煮熟的奶油冻和肥皂，还有一点苹果酱和大量的松节油的味道，你说是不是？"

天渐渐黑下来，树木开始闪耀着柔和的光芒，成千上百的萤火虫发出绿色的火焰，他们友好地来照亮宴会，玩偶先生起身发表讲话：

"女士们，先生们！朋友们！"

猴子们吱吱叫，鹦鹉开始喊之前玩偶先生教过的词语："安娜贝尔！威廉姆！宝宝！"螃蟹们吹出泡泡，再把它们扎破。只有一些粗鲁的海鸥飞走了。

"我们玩偶之家感谢各位，在我们来到了漂流岛以后，给了我们许多帮助。我们永远不会忘记你们，希望在我们离开后，你们还能记住我们！"

然后，因为他们都想哭泣，玩偶夫人开始快速地演奏《玩偶圆舞曲》玩偶先生、威廉姆、安娜贝尔、黛娜和猴子们开始在月光下跳舞。

　　圆舞曲结束后，他们都爬上了观景山，那儿摆着成堆的浮木和果壳。棕榈树尖尖的叶子在天空中呈现出墨黑色，闪电震颤，月亮又圆又红。在他们下面，他们听到了碎浪柔和的隆隆声。

　　"我要点火吗？"玩偶先生小声问。

　　有那么一会儿，玩偶夫人想要大叫："不！不要点火！让我们永远待在漂流岛上！"

　　但是她说：

　　"点火吧！"

第四十九章 烽火

　　玩偶先生摩擦着两根木棍，速度越来越快，直到有火星蹦出来掉到腰果壳上。一个小小的火舌吞噬着浮木——接着是另一块——然后，这一堆东西着了，火焰开始爆裂，向着月亮咆哮。

　　火焰的颜色染上了波浪、泡沫和瀑布。海水在火焰下又呈现出蓝绿色。小小的玩偶们和猴子们在火光的照耀下显得黑黑的。动物们从丛林里出来观看，他们绿色的眼睛在阴影里闪烁。

　　玩偶们堆了越来越多的木头。猴子们也来帮忙。他们不得不被阻止将玩偶之家的家具放进去。月亮沉入海底，但是没有人注意到，因为火光是如此明亮。

　　甚至连玩偶先生都没有想到要说：

　　"上床睡觉了，孩子们！"

　　那是什么，远在海上？一枚火箭射向天空，爆炸出一堆彩色的星星。

"一艘船看到我们的信号了！"玩偶先生喊道。

"我们必须快点赶回玩偶之家，收拾准备好！"玩偶夫人答道。

他们跑着滚下了观景山。一只猴子将珊瑚厨房里的餐具柜带回玩偶之家。洛比、柴奇、芬尼和布丁被放在里面。宝宝被放在他的婴儿床里，威廉姆和安娜贝尔去了儿童房，玩偶先生和玩偶夫人在客厅里等待。

"可是，黛娜哪儿去了？"

黛娜慢慢地走进客厅。她脱下了整晚都穿着的格子裙，又穿上一片红色花瓣。

"玩偶先生和玩偶夫人，请允许我打扰一下，但是，我不打算和你们一起走。我打算留在漂流岛上。"

"但是黛娜，你不喜欢我们了吗？"

"不，夫人，我爱你们每个人，永远爱！"黛娜喊着，眼泪夺眶而出，"但我觉得这里就像是家，我必须留下来。"

"想想你会多么的孤独！在这里一切只能靠你自己！"

"我从不会感到孤独，这里有这么多猴子！"

玩偶夫人没有让对方改变主意。黛娜要和他们告别，对此，她感到很难过。她会永远爱着他们，她还想把她的蓝珠耳环给玩偶夫人和安娜贝尔。但她不会，也不能，离开漂流岛。

玩偶先生很嫉妒她。

威廉姆从儿童房的窗户往外看，喊道：

"有一只坐满水手的船！"

黛娜跑出玩偶之家。威廉姆和安娜贝尔趴在窗户上看着。玩偶夫人靠着钢琴，玩偶先生靠着一把红色的椅子，好像他们从来没有穿过丛林，或是在海里洗澡一样，好像他们从来都没有移动过。

第五十章 流星

回应了烽火的这群水手，在海滩上来来回回地寻找，大喊大叫，甚至还去了丛林。

但是他们只发现了一个玩偶小屋和玩偶家族。

有个水手总说他看到了一只猴子，穿着小小的绿裤子，上面缀着红色的玫瑰花苞，跑上了一棵树。但是其他人都不相信他说的话。他们说他喝太多朗姆酒，

感觉严重受损。⁴⁹

由于他们没找到别的人，就把玩偶小屋放到了救生船上，在玫瑰红色的晨光下划回了他们的大船。

玩偶们躺在玩偶小屋里，仰望着那些水手，感觉非常有趣。那个离他们最近的水手，胸前用红色和蓝色文了一艘装备齐全的海上帆船。波浪好像在移动，帆好像在鼓起，好像他在划船。

现在，救生船在大船底部上下摆动。玩偶一家能够看到波浪移到船头产生的网状反射，还能看到船的名字：流星。他们看到向下看的脸，像一排粉棕色的月亮，听到有个人喊道：

"你们找到了什么？"

胸前有帆船文身的水手喊回去：

"只有一个玩偶小屋！"

小屋被抬到甲板上，玩偶们最后看了一眼漂流岛，有泡沫和鲜花，还有他们燃烧烽火留下的白烟，像挥动的手帕，在说再见。

---

⁴⁹玩偶们非常喜欢这个水手，他叫乔。救生船上的其他人有：德国的赫尔曼、一只眼、托尼、胖子、咆哮的麦克、查理——一个有思乡病的船上侍者，这是他的第一次旅行。

后来，在没人看着的时候，查理有时候会和玩偶一家还有玩偶小屋玩耍。他不知道怎么玩好，他只会让玩偶先生靠着一把椅子，或者从餐具柜里把布丁拿到桌子上。但是，他们给了他极大的安慰。

第五十一章 他们现在在哪儿？

玩偶小屋和玩偶之家变得怎么样了？

我不知道"流星号"开往什么港口，我也不知道现在谁在和玩偶小屋、玩偶之家玩耍。

也许他们就在你的儿童房里。看看你是不是这么认为的。

你的玩偶小屋有尖尖的屋顶和两个样子奇怪的烟囱吗？

玩偶夫人可能又找不到她的假发了，或许她得到了一顶新的。但是，你的玩偶夫人是不是有亮粉色的脸颊呢？她能像扑克牌一样站直吗？

你的玩偶先生有亮粉色的脸颊吗？有愉快的笑容吗？还有，他的黑色陶瓷头发上有裂纹吗？

你的小男孩儿、小女孩儿（因为我不知道你给威廉姆和安娜贝尔起了什么名字）能弯曲关节和转动头部吗？

你的宝宝会踢腿和举起粉红色小手吗？

你的玩偶们有一对惊讶状的眉毛吗？好像他们记得那些奇怪的冒险？

问黛娜没用。我知道她还和猴子们在一起。但是你有布丁、洛比、柴奇和芬尼吗？或者一个蓝色的锡制浴缸？或者一个看起来像银的却很容易弯曲的奶油罐？

你的玩偶由你来保管。但我想知道他们是不是我过去认识的那些玩偶。

如果你认为他们是我认识的那些玩偶，你可以告诉我一声吗？